鴻溝（繁體字版）

A World Apart (A novel in traditional Chinese characters)

B杜

British Library Cataloguing-in-Publication Data. A CIP catalogue record for this book is available from the British Library.

ISBN 978-1-913080-97-6 (ebook)
ISBN 978-1-913080-96-9 (print)

For my Family

第一章/電報

聖帕特里克節剛過沒多久，居住在曼徹斯特的柯克曼先生就收到一封來自兒子的電報，大意是即將有個驚喜給他，讓他乘坐瑪格麗特公主號到加爾各答。

說起柯克曼先生的兒子，他原本只是一名採茶機的維修工，八年前被公司派往印度常駐，後來不知怎的被東印度公司給僱用了，從此柯克曼先生每隔一段時間總會收到比金子還珍貴的茶葉，對於年收入只有兩百多英鎊的書店老闆來說，無疑是一項闊綽的享受。

自從兒子寄來高檔的大吉嶺茶葉後，柯克曼太太的喝茶頻率也從每天清晨一杯增加到無茶不歡（畢竟以前只喝得起相對價廉的綠茶，饒是如此，也不能放開了喝）；至於柯克曼先生……他更喜歡喝咖啡，如果哪天沒喝，就像火車缺乏燃料，怎麼也提不起勁來。然而打從柯克曼太太去世之後，柯克曼先生也開始喝茶了，一開始是為了緬懷亡妻，同時不辜負兒子的一番孝心和浪費稀世之珍，可是後來漸漸喝出味道來，那金黃色的液體帶著淡淡的果香，口感厚實、回味甘甜，任何時候來上一杯都有精神鎮定的作用，對於年過半百仍在工作的柯克曼先生而言，效果跟運動過後洗個熱水澡一樣舒適。

這一天，柯克曼先生的書店剛開門，新書便已送到，他立刻告訴店裡的夥計。

"好的，我馬上清點。"提姆答。

"對了，這週末我有遠行，所以書店閉店至五旬節結束，屆時你還會來吧？！"

提姆頗感意外，這才開始工作沒多久就休長假，他該如何答覆？直至柯克曼先生承諾薪水照發（此乃無奈之舉，畢竟那樣少的薪水，很難快速請到"非文盲"的夥計），他才點頭同意。

其實柯克曼先生也曾考慮把店鋪暫時交給提姆，後來還是作罷，因為全權放手給一個剛上工不到一個月且日薪只有兩先令的小夥子是極其冒險的事，他寧願少賺也不願壞了長久以來累積起來的好名聲。

說到柯克曼先生的書店，這是他畢生的事業與驕傲，從青蔥歲月幹到華髮叢生，夥計都換過好幾個，但他這位老闆一直沒變。同樣沒變的還包括許多老顧客，他們本來只為自己買書，後來也替配偶和孩子們買，再後來又幫孫子買，一家店鋪能做到服務三代，挺不容易的。

既然這家書店已經經營這麼久，想當然爾，老闆閉眼都能找到店內的任何一本書，所以當一位顧客表示找不到《格列佛遊記》時，柯克曼先生二話不說便上二樓取，結果同樣沒找著，只得喚來提姆。

"先生，書在遊記區域呀！"他表情驚愕地答。

待顧客結賬完畢離去，柯克曼先生告訴提姆《格列佛遊記》是一部諷刺小說，不應該放在遊記區域。

"既然不是遊記，為什麼書名寫著遊記？還有，您說這是諷刺小說，又諷刺了什麼？"提姆問。

根據柯克曼先生的理解，《格列佛遊記》不僅諷刺了英國議會的黨派鬥爭與統治者的昏庸，同時也揭露殖民戰爭的殘酷暴行，不過"一千個觀眾眼中有一千個哈姆雷特"，他的理解未必是他人的理解，甚至未必是作者當初寫書的用意，那麼解釋又有何意義？

"提姆，你看過《格列佛遊記》嗎？"柯克曼先生反問。

"沒有。"

"如果感興趣的話，我允許你把書帶走，等閱讀完畢，你再告訴我它屬不屬於遊記。"

"不用了，我沒時間閱讀，因為忙完這裡的活兒，我還得背冰塊去。"

"背冰塊？"

"是的，魚需要冰塊保鮮，我的工作便是在夜裡送冰塊，好讓隔日清晨三、四點鐘便開始交易的海鮮批發市場能順利進行，畢竟魚販們都精明得很。"

柯克曼先生還以為眼前這個只接受幾年基礎教育的小夥子光替他工作（雖然他也曾好奇那樣少的薪水要如何在大城市裡生存？）。

既然時間上不允許，他便簡單介紹一下書中內容。

"先生，聽您這麼一描述，的確不像普通遊記，但我也不認為諷刺了什麼，反倒有童書的味道。"

"嗯……"

"沒關係，您說書放哪個區域，我便放哪個區域，沒什麼大不了的。"

提姆走後，柯克曼先生覺得自己需要喝一杯，還好離書店不到５０米處便有個小酒館，那裡有他愛喝的伯頓-特倫特印度淡色啤酒，喝完剛好上街採買旅行用品，這包括一個大小合適且堅固的旅行箱。

腦海一有購物念頭，柯克曼先生忽然感覺刻不容緩，交待提姆幾件事後便匆匆出門。

第二章/柯克曼的書店

柯克曼先生走出店外沒幾步，忽然回頭凝視自己的書店，這棟外表三層，實際四層（還有個地下室）的小樓像個童話小屋屹立在人字形街道的交會處，外衣是棕紅色裾石磚，底樓兩側有接近落地的玻璃櫥窗（所以能清楚地看見店內擺物），一樓及二樓（註1）的窗戶相對要小，只有攤開的報紙大，但起碼保證了一定的採光性。當柯克曼太太還在時，書店門口的臺階上總擺放著幾盆怒放的花卉，但打從她離世之後，這幅景象不見了，沒辦法，柯克曼先生對花草不感興趣，也沒那個閒工夫，同樣的時間，他寧願花在閱讀上（有時他不免懷疑自己開書店的動機是為了更好地賺錢還是為了更好地閱讀？不過也只是想想而已，因為答案不重要，也改變不了什麼）。

既然提到書店所在的這棟樓，那就順便講講它的歷史。話說半個多世紀前，它並不是作為商業用途，而是一處民宅，住著一大家子，整天吵吵鬧鬧，後來雖然喧譁聲依舊，但居住的人變了，有不良於行的老人、見面就吵的情侶、打扮妖豔的妓女、看起來很不好惹的壯漢……等，直至某天進來數名工人，一番敲敲打打後，這棟屋子才擺脫廉價旅舍的命運，開始有了比較高尚的使命——知識傳播。

第一批進到書店的顧客是来自好奇的左鄰右里，他們不忘告訴柯克曼先生有關這棟屋子的過往，殊不知眼前的翩翩少年正是當年打鬧的孩童之一，自父母意外故去後，他和幾個姐姐進了住宿學校，由於男女分開上學，等他完成中等教育，才從來接他的比爾叔叔口中得知姐姐們在校期間相繼患上傷寒離世。

"法蘭克，從現在開始你得獨當一面，或打工，或做點兒小買賣，再不繼還可以靠這棟屋子過活，反正餓不死你。"比爾叔叔交給他一袋子的紙鈔和硬幣，"這是這些年所收的租金，你拿著。"

後來柯克曼先生利用這些錢，把極為普通的民宅裝修成中規中矩的書店，自己搖身一變成了書店主人，至於幾年過後書店成了當地地標，那還得感謝柯克曼太太，若不是她的一雙巧手和別出心裁的創意，"柯克曼的書店"（Kirkman's Bookshop）不過是眾多商店中的一個，過眼即忘。

"仰望"完自己的書店後，柯克曼先生一刻也不敢停留，因為曼徹斯特的商店通常太陽下山後便停止營業，留給他的時間不多了。

（註 1: 英國的底樓相當於中國的一樓，也就是從地面往上，依序為底樓、一樓、二樓、三樓……）

第三章/老約翰酒館

在老約翰酒館裡，柯克曼先生邊喝啤酒邊嘮嗑，直到有人提著皮箱進來，他才想起正事。

"法蘭克，這可不像你，怎麼才喝兩瓶就撤了？"已經禿頂的泰勒先生說。

柯克曼先生剛想解釋兩句，貝克先生搶先一步下註腳："法蘭克是因為看不慣我的行事風格才想早點兒離開。"

這位貝克先生是張生面孔，據他說幾天前還在東倫敦管理著一群打掃煙囪的童工，由於手段相當殘忍，以致孩子們只要聽到他的腳步聲就瑟瑟發抖。直到目前為止，雖然尚未有孩子被他打死，但餓死的卻有好幾位，"紀律嚴明"不過是表面說法，主因是越瘦的孩子才越容易鑽進煙囪裡。

“沒有的事，”柯克曼先生馬上否認，“我因為有遠行，所以想趁天黑前買些旅行用品。”

泰勒先生一聽說，立刻以過來人的身份建議他不妨到“戴維斯的皮具店”購買平頂旅行箱，不能是圓頂的，否則就等著搬運工爆粗口。

“為什麼不能是圓頂的？”柯克曼先生問。

“因為圓頂旅行箱跟斜屋頂一樣，下雨時雖有排水功能，但不利疊放，搬運工當然不會高興在本來就不大的空間內堆放不易疊放的行李。”

泰勒先生不知道柯克曼先生的兒子為他訂購的是頭等艙船票，這包括一間帶陽臺的海景房，行李當然直接送進房內，不會與二等艙或三等艙的行李混在一起。不過泰勒先生的建議，柯克曼先生還是聽進去了，畢竟自己坐頭等艙的機會不多（也許這是他人生中僅有的一次），那麼買一個實用型旅行箱有其必要性，因為在他那個不到五百平方英尺的房屋內，有效的空間利用還是需要考慮進去。

「要什麼旅行箱？」貝克先生忽然嚷起來，「用床單一裹，既輕便又不用花冤枉錢，再不濟，買幾口木箱子得了。」

聽到這番言論，柯克曼先生立刻判斷此人無海上旅行經驗，因為船上濕氣大，不管是布料還是木箱子都起不到保護作用（裡面的東西容易長霉），所以還得是皮製品才行。

對於柯克曼先生的觀點，泰勒先生深以為然，但也不好讓貝克先生太下不了臺，所以委婉地表示如果是一、兩天的行程，貝克先生所言不愧是經濟實惠的好法子。

「正是。」貝克先生頻頻點頭。

這麼一談話，時間又溜走好幾分鐘，柯克曼先生不得不立刻終止。

「抱歉，我得到'戴維斯的皮具店'購買平頂旅行箱。」他站起身，同時戴上圓禮帽，「跟二位聊天很有意思，請繼續你們的談話。」

第四章/戴維斯的皮具店

柯克曼先生記得"戴維斯的皮具店"在切塔姆圖書館附近，如果步行前往，估計抵達時天都黑了，於是他攔下一輛馬車。

"1先令。"馬車伕說。

由於柯克曼先生只願付5便士，馬車伕便帶著他的馬和車子驕傲地走了。正當柯克曼先生不知所措時，一輛有軌馬車適時來到，這次他沒還價（也還不了價），趕緊上車。

上車後的柯克曼先生排開眾乘客擠到馬車上層，視野一下子開闊起來，不僅看到軌道兩旁的聯排房屋和站在屋前向有軌馬車行注目禮的居民，也看到在軌道前後追著馬車跑的孩子們……

不怪人們大驚小怪，當有軌馬車第一次出現在城裡時，柯克曼先生就像看到一隻藍色的貓一樣驚奇，尤其這車子還是雙層的，坐在上層豈不像飛人般快活？後來坐過幾回之後，沒那麼新鮮了，反倒觀察車外景象更加有趣，譬如有一次他就親眼目睹自行車騎士因為太關注有軌馬車而跌進路旁的麥桿堆裡。

就在規律而無聊的馬蹄聲中，車子不知不覺來到厄維爾河畔的大教堂前。柯克曼先生趕緊下車，又走了兩個街區才來到目的地。

"日安！"柯克曼先生摘下圓禮帽，"天氣越來越熱了。"

"可不是嗎？熱得我想光膀子。"皮具店老闆走上前來，"有什麼可以為您效勞？"

"我想買一個旅行箱，平頂的。"

"您來對地方了，我這家店擁有全城最好的旅行箱，請隨我來。"

柯克曼先生後來看中一個非常牢固的旅行箱，箱身用深褐色的皮革包裹著，邊角以黃銅固定住，兩側有把手，可以上

鎖，缺點是過於笨重，不管手提或肩扛
都不是易事。

「買旅行箱肯定有遠行，您這次上哪兒
逍遙？」皮具店老闆問。

「印度。」

「印第安？」

「不是印第安，是印度，在亞洲，產茶
葉的。」

「我以為茶葉只有中國有，那玩意兒可
金貴得很！」

柯克曼先生原本也以為只有中國有，好
在現在印度也產茶葉，不用跟地球另一
端的中國做交易。

「除了旅行箱，您還需要什麼？」皮具店
老闆又問。

這家皮具店除了賣皮箱之外，還賣任何
跟皮革有關的東西，好比皮帶、皮鞋、
皮手套、皮衣……等等，柯克曼先生甚至
看到幾個沙漏造型的皮鼓，據說來自非
洲。

「我不認為我還需要什麼。」他答。

「我認為您還需要一雙皮鞋，正式場合
穿的。」

柯克曼先生想想也對，他的確需要這麼一雙鞋，可是現場看到的都是樣鞋，手工訂製起碼得好幾天才能完成，而那時候他已經在船上了。

皮具店老闆承認這是事實，但看過柯克曼先生腳上所穿的鞋後，事情有了轉機。

"您的鞋楦長應該接近一英尺，不妨試試我店裡的樣鞋，它們都在一英尺。"皮具店老闆說。

於是柯克曼先生指向一雙看起來最不花俏的鞋，問："我可以試試這雙嗎？"

第五章/瑪格麗特公主號

今天陽光普照，已經略有初夏的影子，無怪乎柯克曼先生會穿上比較寬鬆輕便的衣服，可是排在隊伍當中的男士們卻依然身著經典六件套（襯衫、領結、西褲、馬甲、外套、大衣），同時戴上高禮帽；女士們也不遑多讓，巴斯爾式長裙凸顯了她們凹凸有致的身材，而頭上裝飾著大量羽毛、花卉綢帶和蕾絲的寬邊帽則是身份與地位的象徵。

"先生，這是頭等艙的隊伍，"穿著筆挺白制服，頭戴水手帽的乘務員指向另一邊，"二等艙在那裡登船。"

為了這次遠行，柯克曼先生特地把八字鬍修剪得整整齊齊，同時帶上最好的家當，之所以還有誤會產生，他心想也許是身上的拉翁基茄克以及沒有家僕幫提行李的緣故。

“我是頭等艙的乘客。”柯克曼先生有些不自信地答。

“請出示您的船票。”

“有人幫我代訂，他的名字叫強納生•柯克曼。”

“請稍等，我讓另一位乘務員去核實。”

於是柯克曼先生往旁邊挪步，好讓身後的乘客繼續檢票。

這種在眾目睽睽之下等待審查結果的感覺並不好受，如果柯克曼先生的兒子替他買的是二等艙船票，他反倒舒坦些。

等了好幾分鐘之後，一名帶著微笑的乘務員向他走來，說：“早上好，柯克曼先生，抱歉讓您久等了，您只有兩件行李嗎？”

“是的。”

幾天前，柯克曼先生在“戴維斯的皮具店”買下一個旅行箱，回家後發現不夠用，所以又回去買下第二個，老闆戴維斯先生還笑話他打算把老婆塞進箱子裡逃票。柯克曼先生沒多做解釋，因為不想

看到別人因說錯話而著急說抱歉的樣子
。

那名笑容可掬的乘務員後來協助柯克曼
先生登上小船，等上了大船後又帶他至
房間。不一會兒的工夫，兩個旅行箱也
送到，並且整齊擺放在角落。

"先生，如果有需要的話，我可以帶您
參觀船上設施。" 乘務員對他說。

"不用了，我喜歡獨自探險。"

乘務員一時沒反應過來，等反應過來時
，他捉狹地加了幾句："忘了告訴您，
船上有個女鬼叫安娜，見到她時可別忘
了打聲招呼。"

這次換柯克曼先生沒反應過來，等反應
過來時，他哈哈大笑，答："我正是安
娜的丈夫，見到她時可不止打聲招呼而
已。"

說起柯克曼太太，她的名字的確叫安娜
，婚後冠上夫姓，成了柯克曼太太，還
好另一對柯克曼先生和柯克曼太太已經
不在人世，否則這樁婚事有的磨了，因
為安娜的出身不好，婚前不過是一名紡
織女工，很難入律師身份的公公和護士
身份的婆婆之眼。

本來，柯克曼先生的理想伴侶和父母頗為一致，都是出身良好的大家閨秀，再不濟，也得是一名新時代女性，好比教師、護士、接線生、打字員……等，但看到貌美的安娜後，柯克曼先生根本無法思考，天天只想跟她死守在一起，而安娜剛好也有靠婚姻改變命運的想法，兩人一拍即合。婚後的日子算得上水乳交融，若要說有什麼遺憾，那無非是安娜的身體狀況不允許，只生了一個孩子，而這個孩子從小就坐不住，是老師眼中的頭號麻煩……

今日柯克曼先生忽聞船上有個女鬼叫"安娜"，他不覺得被冒犯了，反倒覺得相當有趣，所以換上比較正式的服裝後便外出"尋鬼"去。

第六章／初來乍到

船艙內鋪著紅色地毯的走道稍嫌狹窄，更不巧的是柯克曼先生才走沒幾步便迎上兩位做華麗打扮的淑女。他下意識往旁邊靠，就差貼緊牆面，結果兩名女士在與他交錯前便已走進左側房間，咯咯咯的笑聲聽起來很刺耳，彷彿在取笑他。

柯克曼先生的原生家庭算小康，讀的是只提供給中產階級子女就讀的公立學校（即便後來發生變故，他和姐姐們進的也是公立的住宿學校，與慈善機構開辦的有天壤之別，這還得感謝無私的比爾叔叔），而開始自食其力之後，平常來店裡買書的顧客也多半是富貴人家或專業人士，因為一般平民百姓買不起新書，大多手抄或用二手的。簡言之，柯克曼先生不是"拘泥保守、沒見過世面"的那類人，但方才的表現還是有點兒反應過度，這與他驟然進入一個新環境有關，以致於他需要喝一杯定定神。

"請問......"柯克曼先生攔下一位乘務員，"哪裡可以喝一杯？"

"剃刀黨酒吧11點鐘才開門，您可以到甲板上，那裡提供啤酒、葡萄汁和蘇打水。"

離酒吧開門還有二十多分鐘，柯克曼先生決定先上甲板瞧瞧，結果人還未到，歡樂的聲浪便像一波又一波的潮水，迎面向他襲來。

第七章/沒落貴族

上郵輪前，港口上方晴空萬里，來到甲板上，雖然海風蕭蕭，但陽光燦爛，以致沒等喝完老艾爾，柯克曼先生已經開始出汗。

"今天天氣真好。"一位金髮男人說，他的躺椅和柯克曼先生相鄰。

"是的。"柯克曼先生答。

然後他們各報姓名，原來金髮男人名叫愛德華·得菲亞。

"法蘭克，你的穿著太慎重了，不熱嗎？"得菲亞先生問。

不用他人提醒，柯克曼先生已經意識到自己"又"穿錯衣服，這甲板上的男女皆已擺脫登船前的盛裝，改穿輕薄但看起來質料很好的休閒服。

"我原本打算到酒吧喝一杯，乘務員告訴我得等到11點，所以我上到這裡來。"柯克曼先生為自己的穿著做出解釋，雖然他也不清楚船上酒吧是否有著裝要求。

"我跟你不一樣，上到甲板是為了欣賞美女戲水，如果不是黑煙滾滾，畫面會更怡人些。"

這艘超級郵輪的頂層甲板上除了有一個約兩節火車箱長度的泳池外，還矗立著4個不等距的高大煙囪，排煙量相當驚人，氣味也不好聞。

"黑煙越多代表船航行的速度越快，只是難為鍋爐艙裡的工人了。"柯克曼先生說。

"這是他們的工作，如果不給鍋爐添煤塊，他們連土豆都吃不起。"得菲亞先生喝了一口姜味汽水，"別告訴我——你是工黨領袖。"

"當然不是，"柯克曼先生笑了，"我是書店老闆。

“書店老闆？你指的該不會是哈查滋書店吧？！”

“不，我的書店不在倫敦。”

“不在倫敦，莫非你在利物浦上船，你的書店也開在那裡？”

“我的確在利物浦上船，但我的書店開在曼徹斯特，誰讓曼徹斯特沒有港口（註2），只得異地上船。”

“那麼你的書店一定經營得很成功。”

“為什麼這麼說？”

“這頭等艙的船票可不低，我不過從坎努羅杜努姆坐到馬來西亞的檳榔嶼，住的還是沒有窗戶的內艙房，就要了我350英鎊。”

“單程？”

“單程。”

柯克曼先生的船票由兒子支付，雙程，住的還是帶陽臺的海景房。這麼一合計，船票沒有一千，也有八百，是他年收入的好幾倍。

“船票由我兒子支付，我並不清楚票價多少。”柯克曼先生解釋。

"你有個好兒子。"得菲亞先生下結論。

柯克曼先生嘴巴同意，但腦海裡浮現的卻是過往的碎片回憶，那個從小淘氣，長大後又經常惹禍的兒子，可沒少讓他們夫妻倆操心。

"你游泳不？"得菲亞先生忽然問。

柯克曼先生搖頭，別說身上的著裝不合適，他連件泳衣也沒準備，因為沒料到郵輪上竟然有泳池。

"那麼我上更衣室更衣，淑女們正等著我加入呢！"

得菲亞先生離開後，柯克曼先生將視線投向泳池。說是泳池，其實更像戲水池，幾名穿著深色法蘭絨及膝連身裙，裙下是燈籠褲或黑色長統襪的女士正嘻嘻哈哈地玩水，偶爾與池畔泡腳的男士聊上幾句⋯⋯

還沒等柯克曼先生從遐想的世界裡走出來，身穿黑色無袖上衣和同色短褲的得菲亞先生便出現，並且迅速跳入泳池，當他從水裡站起來時，還向不遠處的柯克曼先生揮手。

柯克曼先生心想這個人可真熱情，正要也揮手致意時，背後傳來說話聲：" 愛德華為了躲他姑姑，真是煞費苦心。"

" 可不是，其實他姑姑找的美國小姐條件極好，是銀行家的女兒，嫁妝很多，配得上他的貴族身份。"

柯克曼先生的心喀噔了一下，原來方才與他交談的是一名沒落貴族（否則不會被安排娶有錢的美國女子），同時也慶幸自己的反應不及時，否則尷尬了，因為得菲亞先生明顯是向自己身後的人打招呼。

" 先生，您要不要再來一瓶老艾爾？" 乘務員問柯克曼先生。

" 不了，謝謝！" 他答。

其實柯克曼先生還能再喝一瓶，但一來他大汗淋漓，得馬上回房換件衣服；二來他飢腸轆轆，如果船上餐廳提供凍肉三明治，那再好不過！

（註2: 直至1894年，修建完畢的曼徹斯特大運河才投入使用，此時船隻方可駛入。）

第八章/豐盛的午餐

柯克曼先生的書店每年能為他掙得兩百多英鎊（在扣除所有的開支後），這個數字若放在倫敦，無疑是難堪的，但放在曼徹斯特，柯克曼先生一家可以過上有酒、有肉、有蔬菜，偶爾還能來上一趟短程旅行的滋潤生活。

當柯克曼太太還在時，這個賢惠的女人會不辭辛苦地替自己的丈夫送去最新鮮的午餐（即便當天有事，無法親送，柯克曼先生的公文包內也會放著事先準備好的三明治），他再到地下室，利用那裡的灶具煮杯咖啡就著吃。每當這時候，他總有"富可敵國"的滿足感，因為腳邊堆積的是一本本等著上架的書，字字珠璣，也許是但丁的《神曲》或莎士比亞的《十四行詩》，也可能是奧特利烏斯編輯的世界圖集或孩子們最愛的童話故事，甚至可見幾本最時尚的彩飾寫本書（把油畫、雕塑等工藝應用在書本封面上）。然而自從柯克曼太太去世後，這幅景象不見了，因為鰥居的柯克曼先生嫌麻煩，索性把這可有可無的一餐給免除掉，不過這沒想像中難捱，因為午後他總會溜到酒館喝一杯，順便吃點兒小食，像是烤堅果或炸豬皮之類，這樣至少能撐到夜裡七、八點鐘都不會肚餓，屆時再吃上一天當中最重要且豐盛的晚餐。

今日，已經堅持幾年"中午不食"的柯克曼先生破例了，除了"船票昂貴，不吃可惜"的原因外，還有懶散所帶來的飢餓感。

在乘務員的指引下，柯克曼先生很快就找到早餐廳（這個廳室提供白天所需的飲食，任何時候，頭等艙的客人都能進來飽餐一頓）。與想像中的"豪華"不同，早餐廳的裝飾頗有東南亞風，譬如桌椅是藤編的，牆上還掛著木製的花卉和動物浮雕，雖不難看，但缺乏莊重典雅的氣息。

"先生，我們的午餐有四樣冷菜、三樣熱菜，飲料有接骨木花露、薑汁啤酒、皮姆酒和香料酒。"乘務員說。

聽完介紹，柯克曼先生翻看一下今日的午餐菜單，除了餐前固定會有的麵包和黃油外，冷菜有意麵蘆筍沙拉、培根乳蛋派、青花菜土豆泥、鹹豬肉，熱菜則有烤魚、蔬菜雞肉卷和咖喱羊肉。

這個結果有點兒出乎意料，柯克曼先生原以為午餐都很簡單，沒想到像晚餐一樣豐富。

他隨意點了幾樣，都算得上可口，除了鄰桌傳來的咖喱味道讓他有點兒作噁外，沒什麼大問題（這提醒他印度是個香料大國，到了當地，還不知道會遇到什麼稀奇古怪的食物）。

等飯後甜點也吃過後，柯克曼先生跟乘務員要雪茄抽。

"先生，早餐廳只提供登喜路香菸，如果要抽雪茄，請到聚會廳。"乘務員答。

於是柯克曼先生信步往聚會廳走去。

第九章/玩具製造商

柯克曼先生有一個海泡石製的菸斗，那是他父親的遺物之一，即使後來人們更鍾意石楠根菸斗，他依舊使用父親留下來的老菸斗，連菸絲也與父親慣用的一模一樣，彷彿通過這種儀式，他能與死去的父親更靠近些。

除了抽菸斗，柯克曼先生偶爾也抽捲菸，但流行於上流社會的雪茄卻一直沒嘗試過（更確切地說，他捨不得花相對較高的價錢在非必要的消費上）。如今搭上價昂的郵輪頭等艙，柯克曼先生豈能錯過？既然乘務員說船上的早餐廳不提供雪茄，他不介意移步到聚會廳。

聚會廳的佈置與早餐廳截然不同，整個區域顯得氣派非凡，除了裝修奢華外，天花板上方的透光穹頂天窗也幫了大忙，倘若少了採光，高級感會減少很多。

柯克曼先生在低靠背、可深坐的沙發椅上坐下，乘務員問他想喝點兒什麼？

“雪莉，另外給我一根雪茄，謝謝！”

話一答完，一個高大壯實、留著大鬍子的男人也就座，他要的是白蘭地和棕色雪茄。

隔了一會兒，柯克曼先生要的東西送到，另外還附上一根條狀木片和一小盒火柴。

當柯克曼先生正要用火柴去點燃雪茄時，大鬍子男人開口：“你該不會想點燃它吧？！”

“當然，為什麼不？”

大鬍子男人遂起身走向他，問：“這位子我可以坐嗎？”

“請坐。”

大鬍子坐下後，他們各自報了姓名，柯克曼先生因此知道此人叫馬修·湯普森。

等應酬話說完，湯普森先生回到主題，他解釋道：“這火柴上過蠟，點燃時會影響雪茄的芳香，通常得用專門的雪茄火柴，不過這艘郵輪更講究，提供了香柏木片，其所發出的芳香可與雪茄的菸香相互交融，更添風味。”

柯克曼先生不免有疑問，既然上過蠟的火柴不適用，為何跟著雪茄一起呈上？

“為了點燃香柏木片呀！老兄。”他答。

因為“老兄”這個稱呼，柯克曼先生判斷馬修絕非來自傳統意義上的上流社會。

此時，乘務員送來湯普森先生要的白蘭地和棕色雪茄。

“真奇怪！我們的雪茄竟然不同色。”柯克曼先生看著自己的黑色雪茄說。

湯普森先生再度做出解釋，原來棕色雪茄具辣味、黑色雪茄具甜味，兩者無優劣之分，全憑個人喜好。

柯克曼先生恍然大悟。

“第一次抽雪茄？”湯普森先生問。

“不瞞你說——是的。平常我抽菸斗或捲菸，這是第一次抽雪茄。”

“那麼你仔細觀察我是怎麼做的。”

聽湯普森先生這麼一說，柯克曼先生立刻聚精會神起來。首先，湯普森先生將

雪茄放在耳邊，以食指及拇指握住菸身
輕輕搓轉，接著用上蠟的火柴點燃香柏
木片，再將雪茄置於火焰上轉動，等菸
身被略烤過，再均勻地點燃雪茄菸頭。

"切記，要用內焰點燃雪茄，非外焰，
因為外焰的溫度太高，菸葉容易有焦味
。"湯普森先生說。

"那麼把雪茄放在耳邊又是什麼作用？"
柯克曼先生問。

"如果轉動菸身發出龜裂聲，代表不新
鮮，你可以要求提供者重給一支。"

示範完畢，柯克曼先生依樣畫葫蘆，湯
普森先生則邊抽雪茄邊察看，偶爾糾正
他的動作。

"現在吸一口，含住，別把菸吸到肺部
，因為雪茄含有較高的尼古丁，對身體
的危害較大，所以菸只能停留在口腔、
鼻和咽喉部。"湯普森先生又說。

柯克曼先生照做，果然享受到與以往不
同的滋味。

"棒吧？！"湯普森先生啜了一口白蘭地
後，再抽一口雪茄，然後緩緩吐出白煙
，"順便告訴你——與雪茄最搭配的酒是
白蘭地或威士忌，你的雪莉酒還差點兒

意思。”

“冒昧問一句——你是不是雪茄進口商
？”

“不，我是玩具製造商，抽雪茄是我的
愛好。”

“玩具製造商？你說的可是木製搖馬或
發條玩具？”

“比那個高級，譬如採用內燃機驅動的
踏板車、半人高的玩具屋、精緻的陶瓷
娃娃等。木製搖馬也會有，不過比平常
能見到的精細很多，更像是藝術品。”

“你的客戶多嗎？”

“多，暴發戶、新貴族、老貴族、皇室
成員等都是我的客戶，他們只要最好的
，不論價格。”

柯克曼先生心想如果他有孫子或孫女，
應該會買幾件玩具送他們，但肯定不會
向湯普森先生購買，因為光聽描述就知
道所費不貲。

“你呢？你是暴發戶、新貴族、老貴族
、還是我尚不認識的皇室成員？”湯普
森先生問。

柯克曼先生笑答：“皆不是，我只是個
書店老闆。”

“書店老闆？你指的該不會是哈查滋書
店吧？！”

接下來的談話與稍早甲板上曾有過的雷
同，柯克曼先生只需把說過的話複述
一遍即可。

“你有個好兒子。”湯普森先生下結論。

第十章/白鎮與黑鎮

話正說著，有兩人聯袂進到聚會廳，對於柯克曼先生而言，一個面生，一個面熟。

"喬治，愛德華。"湯普森先生向他倆招手。

待兩人走近，柯克曼先生和湯普森先生略為欠身，以示歡迎。等四人都坐下後，又是一番寒喧和自我介紹，趁乘務員過來服務，柯克曼先生特別打量那個叫喬治•卡芬地許的人，除了首次見面的原因外，還包括此人是一名足球隊員。

"我看過報紙，流浪者以 1-0 戰勝皇家工程師，奪得第一屆英格蘭足總盃，沒想到我有幸認識冠軍隊中的隊員。"柯克曼先生說。

"別提了，那次比賽我傷了膝蓋，醫生說若再踢球，下半輩子就只能拄著枴杖走，所以我退出球隊了。"卡芬地許先生答。

"真遺憾！"

"不遺憾，中國有句古話'禍福相倚'，意思是禍和福互為因果且互相轉化，壞事可以變成好事，好事也可以變成壞事。"

柯克曼先生點頭表示同意，這句話的確很有哲理，哪曉得湯普森先生卻笑了（雖然他曾試圖忍住，但沒成功）。

"你笑什麼？"柯克曼先生問。

"對不起，我不應該笑，但這話從喬治口中說出來，還是有點兒滑稽。"

柯克曼先生問哪裡滑稽？湯普森先生擺擺手，拒絕回答，反倒是卡芬地許先生主動解釋："馬修的意思是我當球員是禍，反之才是福。"

這麼一解釋，柯克曼先生更加迷糊了。

"瞧你們，把簡簡單單一件事給搞複雜了，讓我來！"得菲亞先生啜了一口白蘭地後，看向柯克曼先生，"喬治的家族不需要他踢球，他該做的是當一名合格的紳士。”

柯克曼先生語塞了，他原以為足球隊員的身份足以傲人。

“法蘭克，令郎在哪兒高就？”卡芬地許先生忽然問，轉移話題的用意非常明顯。

“他在東印度公司工作。”柯克曼先生答。

“東印度公司？”湯普森先生插嘴，“這是個肥差，具體是做什麼的？”

柯克曼先生再次語塞，如果說他本人屬於下層的中產階級，他的兒子無疑連這個也沒守住，已經淪為底層勞工了。

“他恐怕沒有諸位的工作體面。”柯克曼先生說。

“此言差矣，工作不分貴賤，何況我和愛德華連工作都沒有。”卡芬地許先生抽上一口雪茄，再緩緩吐出，“我的目的地是孟買，如果可能的話，非常想與令郎認識一下。”

“當然，只是我的目的地是加爾各答，兩地相隔甚遠。”柯克曼先生答。

接下來的話題轉向加爾各答，說它是英國東印度公司的鴉片貿易中心，還有，那裡劃分為兩個區域——白鎮與黑鎮。白鎮的居民以白人為主，不論建築或公共設施都很現代化；黑鎮則全是印度人，不僅貧窮落後，治安也堪虞……

既然談到印度，柯克曼先生不吝分享自己所知，包括釋迦摩尼佛、種姓制度和一位剛在文壇上展露頭角的詩人——泰戈爾。

"詩人？"得菲亞先生冷哼一聲，"近代詩人除了拜倫、雪萊、濟慈，我不認為有人會寫出更出色的詩，尤其還是個印度人。"

"你讀過泰戈爾的詩？"柯克曼先生問。

"雖然沒讀過，但除了讚美神祇和大自然，我想不到還能是什麼。就算他寫得再好，也不可能比得上大英帝國的詩人。"

得菲亞先生的言論很快得到卡芬地許先生和湯普森先生的認同。

柯克曼先生不置一語，後來索性找個藉口離開。

第十一章/油瀝麵包

柯克曼先生站在連著房間的陽臺上欣賞一望無際的大海，耳中傳來海水拍打船身的聲音，本來這是一件愜意的事，卻被他所處位置下方的嘈雜聲給破壞了。柯克曼先生探出頭去，以為可以找到噪音製造者，可惜除了突出的舷窗和懸掛在船體上的救生設備，什麼也看不到（註₃）。

既然噪聲擾人，柯克曼先生索性回房找寧靜。為了這趟遠行，他特地攜帶三本新書，分別為法國作家福樓拜的《包法利夫人》、俄國作家屠格涅夫的《父與子》和印度詩人泰戈爾的詩集《一個詩人的故事》。

面對三本書，柯克曼先生猶豫了一下才伸手去拿最厚的那一本……

也不知讀了多久，直至室內光線明顯變暗，柯克曼先生才驚覺時候不早，他得為接下來的晚餐做"著裝"準備。

自從知道兒子為他購買的是頭等艙船票，柯克曼先生就開始為穿衣發愁（如果真能做到不在乎他人眼光，這倒好辦，問題是他不願被當成異類，這才麻煩）。思來想去，柯克曼先生決定還是穿上五件套，即襯衫、領結、西褲、馬甲和外套，同時把在"戴維斯的皮具店"購買的新皮鞋給套上，這才有了起碼的底氣。

晚餐在正餐廳用餐，乘務員很熱心地指引他，可說是毫不費力就找到了，只是到了現場他又不免心怯，因為正餐廳裡的女賓們紛紛穿起前凸後翹的曳地長裙（如果仔細觀察，這類衣服集合皺褶、蕾絲、荷葉、流蘇等元素，連鈕釦也用真絲或綢緞包裹起來），而男賓們同樣慎重其事，個個穿上前短後長的燕尾服和高腰西褲，漿白的襯衫上還綴有堆疊的前襟，顯得時髦非常。這麼一對比，柯克曼先生的穿著保守得像參加週日禮拜。

在乘務員的帶領下，柯克曼先生來到一張六人大圓桌。入座後，同桌的兩男兩女同時向他點頭致意。

"諸位好，我是法蘭克•柯克曼。"他做自我介紹。

話一說完，另一名與他年紀相仿的女士被帶到，她的座位和柯克曼先生相鄰，自稱是柏西太太。

顯然，柯克曼先生和柏西太太不若另外兩對（哈里斯夫婦和彭什畢夫婦）親密。

"太好了，人終於到齊，接下來應該很快會上菜。"哈里斯先生說。

彭什畢太太接住他的話題往下延伸："今日午餐我沒吃多少，還好晚餐有我喜歡的烤羊排和煙燻黑線鱈，希望廚師的廚藝不會讓我失望。"

柯克曼先生快速瀏覽一下今日的晚餐菜單，果然有這兩道菜。

"親愛的，"彭什畢先生開口，"午餐妳是吃的不多，但下午茶可吃得不少，我全看在眼裡。"

"你的眼裡還有我？我以為你已被波克家的兩姐妹給迷住了。"

見情勢不對，哈里斯先生轉頭問自己的太太：「妳下午的戰績可好？」

「別看林肯太太個頭嬌小，打起壁球力道十足，好幾次我差點兒失分。」哈里斯太太答。

柯克曼先生很好奇，莫非船上還有壁球場？

哈里斯先生告訴他不僅有壁球場，還有健身房和土耳其浴室。

柯克曼先生曾在報紙上讀過有關土耳其浴室的報導，沒想到這玩意兒近在咫尺，不禁躍躍欲試。

知道柯克曼先生想嘗試，柏西太太向他提出忠告——女搓澡師的力氣很大，疼得她哇哇叫，小心男性浴室的男搓澡師也是如此。

柯克曼先生還未答覆，彭什畢太太倒先表態，她說自己不怕疼，還問搓澡師可是土耳其人？

「應該不是，皮膚很黑，我猜是印度人。」柏西太太答。

這艘郵輪會在印度停靠，倘若船上有印度勞工，這也說得過去。

他們六人就這麼一邊閒聊，一邊飲用餐前酒，直到第一道冷盤上桌，餐前酒才撤下，取代的是用利口杯裝著的金巴利酒，話題也轉了方向。

「不知船上的二等艙和三等艙都提供什麼食物？他們也吃前菜嗎？」哈里斯太太喃喃道。

彭什畢太太答：「我聽說二等艙的客人吃的還行，有葷有素，但三等艙的客人就只能吃油瀝麵包。所謂的油瀝是烤肉時所滴下的肥油，把它淋在麵包上可充作乾酪的替代品。」

「為什麼不用乾酪？」哈里斯太太問。

「因為三等艙吃不起乾酪。」哈里斯先生主動告訴自己的太太。

話正說著，乘務員送來法式清湯（因為這個突來的變化，話題轉向法式餐點，柯克曼先生大鬆一口氣，總算可以不用再聽到令人不安的言論），酒也換上雪莉酒，用的當然是雪莉杯。

第三道是魚，酒變成了白葡萄酒，杯子是比較瘦長的高腳杯；第四、五、六、七道皆是烤肉，分別是鹿肉、野豬肉、羊肉和牛肉，酒也換上紅葡萄酒，杯子

則是杯口更寬，杯肚也更圓潤的高腳杯
。

他們邊吃喝邊聊得興起，彭什畢先生忽
然噗嗤一笑，成功吸引住同桌的目光。

「對不起，失態了。」他用餐巾輕拭嘴角
，「我忽然想起我太太說過的話，原來
......呵呵呵......原來三等艙食客嘴裡的油
瀝麵包，其肥油正來自我們食用的烤肉
。」

此話一出，除了柯克曼先生，在座五人
皆笑不可支。

彭什畢先生見氣氛大好，不介意讓歡樂
加倍，遂說：「再告訴你們一件趣事，
某天早晨家裡的僕人替我端來洗臉水，
逢我心情好，給了他一杯茶和一小塊甜
餅。僕人說這是他第一次喝到這麼好喝
的茶及吃到帶甜味的餅，於是我問他下
午茶都吃喝些什麼？結果他答：『先生，
您沒給我們喝下午茶的時間啊！』」

「老天！」柏西太太嚷起來，「可見你是
個多麼苛刻的主人，我起碼還會給家僕
吃點兒薯片或薑餅，否則下午的辦事效
率差多了。」

．．．

（註3: 郵輪頭等艙的下方是二等艙，二
等艙的下方是三等艙，就像一棟垂直的
樓房，除非樓下的人伸出頭來，否則樓
上的人是看不見的。）

第十二章/大菱鮃

頭等艙的晚餐有十二道之多，吃完後，乘務員把餐桌清理乾淨，接著為每個席位擺上洗指碗（餐後供洗手用的器皿）和甜品盤。用過甜品後，女賓們移駕到聚會廳繼續聊天，男賓們則留下來喝酒，還好這段時間不會太長，否則整個夜晚算是搭進去了。

當柯克曼先生回到房間時，已是夜裡十點多，耳朵還嗡嗡作響。他把身上五件套脫下，換上寬鬆的長睡衣，然後上床準備就寢，可是怎麼也睡不著，腦裡盡是同桌人有意無意的嘲諷，雖然未必針對他，但柯克曼先生還是覺得難受，並對自己的沈默感到生氣，他應該表明態度才是，好比油瀝麵包不該被取笑，它真的香，是柯克曼先生一家最喜愛的食物之一……

這就是癥結所在，柯克曼先生處於下層的中產階級，很多生活習慣和消費觀不免與上層的勞工階級重疊，如今陰錯陽差進到上流社會的圈子，雖然他儘量讓自己顯得不卑不亢，但當面對似有似無的惡意或貶低時，還是無法做到波瀾不驚 。

隔天，柯克曼先生被一連串歡快的喧鬧聲給吵醒。他尋聲走到陽臺，往下一看，原來海面上有一群海豚在跳躍，一前一後追逐著郵輪。

除了海上有動靜，柯克曼先生還注意到所處位置的下方伸出幾雙揮舞的手，想必手的主人正在向海豚打招呼，這也是擾了柯克曼先生清夢的出處來源。

既然被吵醒，柯克曼先生索性欣賞一下清晨的美景，那綢緞似的藍布被一層連著一層的白浪給騷動，往遠處眺去，海天銜接處有一抹鵝黃，不僅帶著朦朧的詩意，還預告著陽光燦爛的一天即將開始……

如果不是海風微涼，柯克曼先生很願意再多停留一會兒，結果就在他準備回房時，有人向下拋物。起初，柯克曼先生以為是惡作劇，後來發現扔的是食物（這可以從海豚們爭先恐後搶食的畫面得到佐證），不禁開始尋找投食者。等那隻投食的手再度出現時，柯克曼先生瞬間就抓獲那個人的側臉。

"嘿！喬治，你在做什麼？"柯克曼先生喊。

"給海豚們加餐。"

"哪裡來的？"

"從廚房拿的。"

"什麼魚？"

"大菱鮃。"

對於平民而言，魚類無疑是補充蛋白質的主要來源，因為它的價格相對便宜，好比 10 便士就能買到半個手臂長的鯡魚（同樣的價錢，1/4 個手掌大的牛肉都買不到），可是卡芬地許先生口中的大菱鮃卻不一樣，據說這種魚很難捕獲，所以價格昂貴，一向只提供給特定人群食用。

考慮到有的鄰居還在睡夢中，柯克曼先生不再追問，轉身回到房內。

第十三章/打橋牌

柯克曼先生走進早餐廳，人不多，不用與他人拼桌。

入座後，乘務員問他要茶還是咖啡？

"茶，謝謝！"

柯克曼先生一答完，拿起桌上菜單，還未細看，乘務員主動告知除了大菱鮃，其他都有。

"為什麼沒有大菱鮃？"柯克曼先生問。

"原本是有的，不知怎的沒了，不過您放心，船上的食物充裕，每一樣都很可口。"

這讓柯克曼先生想起清晨的一幕，莫非大菱鮃進了海豚的胃，以致缺貨？不過乘務員說的沒錯，雖然少了大菱鮃，但端上來的早餐（麥片粥、炒蘑菇、蛋吐司、香煎鱈魚等）無一敗筆，這讓柯克曼先生對未來的幾餐更具信心與期待。

"嗨！法蘭克。"湯普森先生向他走來，"怎麼現在才吃早餐？"

今晨，柯克曼先生被二等艙的客人給吵醒，本來可以提早解決早飯問題，但他又回到床上補眠，以致臨近11點鐘才吃早餐。

"你不也是？"柯克曼先生反問。

"我是回來拿遺留在這裡的房間鑰匙，看見你，順便過來打聲招呼。"

"忙嗎？"

"不忙，"湯普森先生拉開椅子坐下，"你打不打橋牌？"

"偶爾打。"

"想找你當同伴。"

"可以，在哪裡打？"

"酒吧。"

柯克曼先生想起昨天沒去成的酒吧，餐後若來上一杯，豈不痛快？

“行，等我吃完早餐就去。”他答。

第十四章/土皇帝

柯克曼先生本來想先喝酒再打牌，可是另外三人等不及，只好先開戰。

第一局打完，柯克曼先生和湯普森先生吃了敗戰。

"你倆的默契還是不夠，當我用黑桃9將吃時，馬修不該用黑桃K超將吃，這成了無可挽回的錯誤。"弗特斯庫先生說。

"是的，"柯克曼先生立刻同意，"如果馬修選擇墊草花而不是超將吃，我方至少能拿到兩個贏墩。"

"看來你對橋牌很有心得。"彭度先生開口。

"只能說略有心得。"柯克曼先生收起自己的紙牌，"再來一局，我相信我和馬修的默契會越來越好。"

一輪下來，柯克曼先生和湯普森先生依然敗北，但對手也贏得辛苦。

"遊戲結束了。"弗特斯庫先生把桌面上的紙牌全收起，"該喝點兒酒，輕鬆一下。"

這正符合柯克曼先生當下的心情，他要了杯琴酒。

"喝這麼烈？小心暈船。"彭度先生說。

"喝醉了暈船不可怕，可怕的是沒喝醉還暈船。"柯克曼先生答。

這聽起來幽默，但彭度先生可不這麼想，他認為柯克曼先生輸不起，故意在言語上碾壓他，所以牌局雖結束了，可是博弈還在進行，這可以從接下來似有似無的唇槍舌戰中看出。

"你的書店經營得可好？"彭度先生問。

"過得去。"

"你肯定隱瞞些什麼，'過得去'可負擔不起頭等艙的船票。"

湯普森先生插嘴表示柯克曼先生的船票是他兒子支付的，此人在東印度公司工作。

話題遂轉向東印度公司，說它如何從一個商業貿易企業發展成為印度的主宰，甚至擁有自己的軍隊，即使幾年前被解除行政權力，但影響還在，好比茶園和鴉片園的實際控制權仍握在東印度公司手裡……

"鴉片園？"湯普森先生很是驚訝，"印度產鴉片？"

"是的，"弗特斯庫先生答，"原本只在孟加拉種植，但受利益驅使，各地農民紛紛效法，因為相比其他農作物，鴉片的經濟效益更高，把它輸往中國，可說是一本萬利。"

"我以為中國禁鴉片。"柯克曼先生說。

"只要菸民不死，交易就會一直存在，否則我吃什麼？"彭度先生答完，仰頭把剩下的啤酒喝完。

柯克曼先生猶豫了一下才問彭度先生可是鴉片供應商？

“沒那麼厲害，我不過是鴉片園的督察員，趁職務之便，偶爾幹點兒私活，這一買一賣，利潤就出來了。”

湯普森先生說想必這當中的利潤相當可觀，因為印度農民很好糊弄。

彭度先生立即否認，因為鴉片園被園主控制，而園主是東印度公司指派的，不可能被糊弄。

“饒是如此，你也應該賺得盆滿缽滿，否則可負擔不起頭等艙的船票。”柯克曼先生說。

彭度先生過了一會兒才反應過來——原來自己被反將一軍。

“的確賺得不少，但沒園主好，表面上他們受僱於東印度公司，實際上卻是劃地為王。”彭度先生停頓了一下，“我也算是東印度公司的人，順便一問，令郎在東印度公司擔任什麼職務？”

“去印度之前，他是採茶機的維修工，至於現在做什麼，我並不清楚，不過每隔一段時間，我都會收到上好的茶葉。”

“如果我猜的沒錯，他應該是茶園園主，跟鴉片園園主一樣，都是土皇帝！”彭度先生說。

柯克曼先生不苟同，因為強納生沒有強硬的後臺和管理經驗，不可能當上園主……

"強納生？令郎叫強納生？"彭度先生問。

"是的，有什麼問題嗎？"

彭度先生欲言又止，最後找個藉口離開。

弗特斯庫先生見苗頭不對，趕緊轉移注意力，問柯克曼先生最近可有什麼新書上市？

因為這個新話題，柯克曼先生暫時把不安放下，開始侃侃而談。

第十五章／明褒暗貶

接下來的船上生活已經從事事新鮮轉變成習以為常，柯克曼先生除了上過兩次土耳其浴室（男搓澡師果然力大無窮）和打過一次壁球外，每天就是食飯、飲酒、抽菸、打牌、聊天和閱讀，真要說印象深刻，船長的歡迎晚宴可以算進去，因為席間他第一次見到船長尊容和聽說有關英國駐印總督種種。

"總督所受的待遇與皇帝無異，"已經往返印度多次的蒙特故勳爵說，"譬如重要節日遊行，總督坐的是豪華汽車，路上得清場，兩邊站滿夾道歡迎的人群；逢出外巡視，後面甚至跟著一群盛裝的大象禮儀隊，放諸四海，這恐怕絕無僅有。還有，總督打獵有專門的獵裝車隊和隨從，手裡拿的是各式槍支，設宴更是窮奢極侈，參加的賓客非富即貴，論排場，絕不是普通富貴人家能撐得起的。"

"真的？我還以為印度既貧窮且落後。"奈弗小姐頗感訝異地說。

船長表示越是貧窮落後，貧富的差距也就越大。

"沒錯，"蒙特故勳爵又說，"譬如十八世紀的殖民頭子克萊武就曾在英國議會裡吹噓：'富庶的城市在我腳下，強大的國家在我手中，我面前的寶庫裡充滿了金條銀錠和珍珠寶石，而我卻只取了20萬英鎊。諸位先生，直到現在，我還奇怪自己為什麼那樣客氣？'"

聽到這裡，柯克曼先生倒吸一口氣，別說彼時是一百多年前，放在十九世紀的今天，20萬英鎊也是個天文數字。

"今日印度仍任由英國人予取予求嗎？"柯克曼先生問。

"差不多，"亞斯庫斯先生回答，"此乃殖民必經的階段，畢竟我們為當地帶來先進的技術，協助他們做跨時代的進步，這點小小的回饋是應該且值得的。"

柯克曼先生頓時五味雜陳，他是大英帝
國的子民，理應為祖國的強盛而驕傲，
但他同時也認為強取豪奪和霸凌不可取
。

"柯克曼先生，"船長問，"聽說令郎在
東印度公司工作，冒昧問一句——他是
做什麼的？"

"事實上，我並不清楚。"他答。

"本郵輪不止載客，同時也做貨運，如
果令郎需要，我們很樂意提供服務。"

"我會轉告他的。"

菲法斯先生聽完，樂呵呵地拍拍船長的
肩膀，說："你可真會拉生意，卡芬地
許先生應該給你加工資。"

"卡芬地許先生？你指喬治？"柯克曼先
生問。

"也是也不是，"菲法斯先生答，"這郵
輪是卡芬地許家族在經營，目前當家的
是喬治的父親。"

柯克曼先生靈光一閃，原來這就是喬治
能順利從船上拿走大菱鮃的原因。

"我以為郵輪只載客和運送郵件，貨物
一般通過貨輪。"柯克曼先生說。

"法蘭克，你該不會以為船長的意思是指皮革或農產品之類的東西吧？！"蒙特故勳爵問。

"難道不是？"

此言一出，哄堂大笑。

"你是我見過最純真的人。"蒙特故勳爵對柯克曼先生說。

任何人都聽得出話裡的嘲諷。

柯克曼先生感覺難受極了，趁話題轉到林肯總統的暗殺事件，並且討論得異常熱烈，他靜悄悄地走開。

第十六章／攝影師
傑夫・羅賓遜

船上的歡迎晚宴過後，柯克曼先生依舊維持著正常的社交活動，但味同嚼蠟的感覺越來越強烈，不若從前有趣。這是相當可怕的事，他極需一點點兒的變化來拯救現狀，於是趁著午後乘務員交接班，他偷溜到二等艙一探究竟，結果發現不管硬體設施、乘客衣著、乘務員的神色，乃至空氣中的氣味，二等艙都與頭等艙截然不同（前者有中產階級特有的穩定氣息，也是柯克曼先生所熟悉的）。

柯克曼先生刻意站在甲板上好一會兒，直到確認身邊人對他的出現不感懷疑，這才開始他的探險之旅。由於甲板上沒有泳池和躺椅（取代的是一排排的長條椅），乘務員也不會上前服務，柯克曼先生決定把探險的第一步交給吧檯。

"請給我果汁，謝謝！"他對吧檯乘務員說。

"房號？"乘務員問。

"什麼？"

"房號。"

柯克曼先生沒料到連要杯果汁也得報房號，一時愣住了。

"連要杯喝的也得報房號，就怕我們多喝一杯會讓他們少賺兩個錢。"一個頭戴洪堡氈帽的男子對柯克曼先生說，接著轉向吧檯，"給我來瓶啤酒，任何一種都行，房號A19。"

有了A19當參考，柯克曼先生報起A11顯得自然許多。

"原來我們的房間相距不遠，你是不是也反感A18？"

由於柯克曼先生不明白A18出了什麼事，所以給了個模棱兩可的回答。

"你也太仁慈了，我已經受夠噪音，是時候反擊。"

柯克曼先生問他要如何反擊？得到的答案是他已經從廚房拿走魚醬，打算把它塗在A18的門把上……

「你是洩憤了，但腥臭味幾天都去除不掉，甚至會波及到你的房間。」

「說的對，這可怎麼辦？」

柯克曼先生想了想，建議他不妨換個房間，如果要求不被滿足，就說卡芬地許先生不會高興有此等事情發生。

戴洪堡氈帽的男人聽完後露出防備的表情，快速喝完手中的啤酒後離去，讓柯克曼先生頗感不是滋味。還好這種不舒服的感覺並沒有持續很久，因為他被一個迷人的背影給吸引住，隨她走向船尾，結果發現那名女子已有男伴，兩人舉止親密，這讓柯克曼先生有了微微的醋意。

打從柯克曼太太去世後，柯克曼先生就有鰥居一輩子的心理準備，沒想到今日卻動了凡心，原來他還有自己所不熟悉的部分。

柯克曼先生站在船尾，一語不發地看著大海，心裡不免有些惆悵，直到咔嚓聲傳來，他才轉過頭去。

“你在拍我嗎？”柯克曼先生問。

“不，我在拍船艄和藍天。”一個頭髮梳得光亮，但山羊鬍略顯凌亂的男子答完，緊接著問，“你介意嗎？”

“如果你拍的是船艄和藍天，我為何要介意？”柯克曼先生向他走去，指著三角架上的東西，“這可是達蓋爾相機？”

“比那個先進，也沒那麼笨重，否則拍照的難度又提高了。”那人伸出手與柯克曼先生握了握，“我叫傑夫•羅賓遜，幸會！”

“幸會，我叫法蘭克•柯克曼。”

“其實我方才拍了你，你的背影看起來很孤獨。”

“我知道你肯定把我拍進去了，希望你的拍照技術不差。”

“當然，想看我的攝影作品嗎？我很樂意向你展示。”

“為什麼不？”

於是他們離開甲板，往艙室走去。

第十七章/參觀三等艙

柯克曼先生住的是連著陽臺的海景房，房內不僅有一張雙人床，還有一個小型客廳；反觀羅賓遜先生，他的房間無窗，通風和採光皆不好，擺下一張單人床後，基本只容轉身，以致床上也堆滿東西。

羅賓遜先生把房內唯一的一把椅子讓給柯克曼先生，自己則坐在床上翻找。

"找到了！"羅賓遜先生興奮地喊著，然後遞過去一本冊子，"這是我和記者凱文·米爾合作的圖文集，主要記錄倫敦點滴。"

柯克曼先生開書店，自然會留意新書訊息，他很訝異自己竟然不知有本叫《倫敦剪影》的書。

羅賓遜先生解釋不是柯克曼先生的消息滯後，而是這本圖文集原本以月刊的形式發行，屬於雜誌類，後來才集結成冊，他手中的這本是樣書，離正式銷售還要一段時間。

柯克曼先生恍然大悟，接著動手翻書，這一翻，像打開了潘多拉的盒子。

"這是一本寶藏書籍，它將圖像、訪談、論文、報告等結合在一起，對於社會學的研究很有助益。"柯克曼先生說。

"這是妥協的結果啊！"羅賓遜先生無奈一笑，"誰讓我剛展露頭角，急需更有名氣的人拉我一把，其實我真正想做的是出版攝影集，無需添加文字，因為照片本身會說話。"

柯克曼先生對這番言論原本持保留態度，但越翻看，越認同，好比圖片中有一個瘦削的女人抱著一個臉色蒼白的孩子癱坐在地上，貧病交迫已躍然紙上；又好比另一幅圖片中的孩子站在酒吧外望眼欲穿，有什麼比"帶喝醉酒的父母回家"更加可悲？

"你的作品的確會說話，真了不起！"柯克曼先生將冊子闔上，雙手遞回去，"

我相信有朝一日你一定會揚名國際。」

「希望我能熬到那一天，畢竟攝影器材和膠捲都很昂貴，我也需要吃飯，光靠賣書錢，止不了飢餓。」

柯克曼先生很納悶，如果所言屬實，他如何負擔得起昂貴的船票？

羅賓遜先生解釋此行是替一位有錢人拍結婚照，收入一般，但包船票和食宿，他還可順便拍攝印度的風土人情，何樂而不為？

「你的目的地在哪裡？」柯克曼先生問。

「我在加爾各答下船，僱主答應派人來接，據說還得坐上好幾個鐘頭的火車才能抵達僱主家。」

柯克曼先生表示自己也在加爾各答下船，屆時兒子會派人來接。

「你有個好兒子！」羅賓遜先生說完，掏出懷錶一看，「不好意思，我和人約好了拍照，現在就得走。」

「在哪兒拍？」

「三等艙，船上的乘務員答應了放行，我不能遲到。」

柯克曼先生正想參觀三等艙，所以問羅賓遜先生介不介意讓他跟過去瞧瞧？

＂不介意，但請低調，我不想惹麻煩。＂他答。

第十八章/英印混血兒

"這是我的助手——柯克曼先生。"羅賓遜先生向守門的乘務員介紹。

那人面無表情地說："請二位天黑前一定得回，我不想惹麻煩。"

"沒問題。"

於是乘務員打開柵欄，讓拿著攝影器材的兩人下樓，由於階梯狹窄陡峭，著實花了好一番功夫。

等下到三等艙的甲板上，羅賓遜先生對柯克曼先生說："你隨處看看，若想提早走就說一聲，我估計會拍到天黑。"

"沒事，你忙你的，不用管我。"

柯克曼先生答完，在甲板上曬太陽兼聊天的乘客三三兩兩向他們走來，似乎都對帶鏡頭的木盒子感到好奇。

" 這是量甲板大小的工具，沒什麼特別的，請諸位別妨礙我工作，謝謝！" 羅賓遜先生大聲說明。

知道不過是個度量工具，聚集的人很快四散。

柯克曼先生當然清楚羅賓遜先生說假話的用意，所以沒有吱聲，轉身踱步而去。

由於三等艙的甲板比二等艙的小很多，柯克曼先生很快便走完一圈，同時發現這裡的乘客連張長條椅也沒有，只能席地而坐，那畫面讓他聯想到擠坐在濟貧院前等待一口熱粥的人（不同的是白人換成了有色人種）。

" 你在找什麼？" 一個包頭巾，膚色沒那麼黑的印度人倚著護欄問他。

" 沒什麼，" 柯克曼先生努力在腦海中尋找藉口，" 我只是對傍晚的天色感到好奇。"

" 灰綠色的雲層代表即將有暴雨，並且伴隨電閃雷鳴。"

“那可不妙！”

“的確，意思是今晚沒法兒睡個安穩覺。”

“你怕雷聲？”

“比起雷聲，我更怕孩子的哭鬧聲，畢竟床與床之間只以簾子遮擋。”

柯克曼先生這才知道三等艙乘客的睡覺環境如此窘迫。

“二等艙的房間沒那麼差吧？！”那人忽然問。

柯克曼先生一時愣住，不知該做何回答。

“當你和攝影師帶著可攜式木箱照相機出現時，我就知道你們不是三等艙的客人，除了我的記憶力好，上船第一天就記住這裡的每張臉孔外，再有一點，你身上的服裝過於正式，這裡的人不這麼穿。”

講到服裝，三等艙的乘客的確穿得隨意，但眼前的印度人不一樣，他身上的長衫有繁複華麗的刺繡花紋。

"看來你好眼力，不僅能識人，連可攜式木箱照相機也知道。"柯克曼先生說。

"因為我家正有一臺。"

這個回答勾起柯克曼先生的興趣，照相機是新興產品，造價不菲，普通人甚至前所未聞，而這個印度人的家裡竟然有。

"莫非你也是攝影師？"柯克曼先生問。

"不是，"印度人笑了，露出潔白的牙齒，"家父是'白色印度人'，做的是紡識品買賣。某天有人送他一臺相機，跟你朋友正在使用的很像，但更精細些，有兩個鏡頭，中間以隔板隔開，按一次快門能同時形成兩張照片。"

"白色印度人？令尊可是白皮膚的印度人？"

"當然不是。"他又笑了，"說來話長，你想聽嗎？"

"很樂意洗耳恭聽。"

於是這位英文名叫丹尼爾·克拉克的人開始講述，原來他的父親是位地地道道的凱爾特人(在羅馬人之前就已定居不列顛的西歐人），後來到馬德拉斯做生意，為了商業發展和生活上的便利，娶了當地的貴族女性。雖是明媒正娶，但他的母親既得不到印度社會的認可，也不被英國殖民團體所接受，連帶也波及到自己，成長的過程中沒少被欺負和排擠。原以為大不了關起門來過歲月靜好的日子，哪知他的父親意外身故，留在印度的家業雖然得以保留，但英國本土的資產卻一分錢也拿不到。克拉克先生不服，遠渡重洋到英國打官司，結果沒有一位律師肯為他發聲，因為"英印混血兒"本身就是尷尬的存在，英國壓根兒就不承認他的公民身份。

"難道這種為難也表現在購買船票上？"柯克曼先生問。

"是的，即便我有足夠的錢，也無法購買頭等艙或二等艙船票，只被允許留在三等艙。"他答。

這樣赤裸裸的歧視實在令人不適，除了表達同情外，柯克曼先生不知還能做些什麼。

克拉克先生倒看得開，他說："這個世界本來就不公，有人聰明，自有人愚笨；有人貌美，自有人醜陋。我雖不滿意，但比起真正的次等公民，我的處境已經好很多了。"

第十九章/鄉巴佬

回去的路上，羅賓遜先生邀請柯克曼先生共進晚餐，結果被婉拒了，理由是柯克曼先生想先回房休息一下，羅賓遜先生遂問他住哪個房間？柯克曼先生很自然地答A11。

"A11是埃文斯夫婦的房間，你確定那是你的房號?"

面對羅賓遜先生的質問，柯克曼先生窘得說不出話來。

"如果我猜的沒錯，你應該是頭等艙的客人，現在想回去自然沒問題，有問題的是會不會給他人帶來麻煩。這樣吧！我讓熟識的乘務員為你帶路，只是'探險

活動'恐怕得到此為止。"羅賓遜先生說
。

後來柯克曼先生很順利地回到自己的房
間，只是心裡不甚舒坦，當時應該跟羅
賓遜先生說實話才是。

當日夜裡，如同那名英印混血兒所言，
不僅狂風大作且暴雨如注，同時伴隨電
閃雷鳴，把柯克曼先生嚇得一夜未闔
眼，還好隔天便萬里無雲、碧空如洗，
昨晚種種，反倒像做夢一般。

兩天後，郵輪短暫停靠在馬斯喀特港，
聽說是為了給淡水艙添淡水，以確保日
常的飲水功能。續完水，郵輪繼續前行
，並於三日後的下午駛進孟買港，柯克
曼先生碰巧目擊卡芬地許先生下船的畫
面，排場甚大，連船長也夾道歡送，看
來他父親是船老闆的傳言不假。

不過六天半的工夫，郵輪就繞過南亞次
大陸的南端，抵達位於孟加拉灣的加爾
各答。當大船開進堤壩圍起來的港池時
，風浪明顯變小。在乘務員的指引下，
柯克曼先生坐上小船，駛向平直的岸壁
線，那裡有數座麻竹做成的步橋，走過
步橋，便算踏上加爾各答的土地，而此
時的加爾各答港口熱鬧非常，在橙紅色

夕陽的餘暉照耀下，肉眼可見數艘蒸汽輪船和帆船來回穿梭，大大小小的漁船也陸續回港，很有默契地沿著岸壁一字排開……

海面生氣蓬勃，岸邊也不遑多讓，工人們專注於裝卸作業，漁夫則忙著將捕獲的魚蝦歸類，載貨用的牛車和載客用的馬車來來往往，人聲鼎沸。

"先生，哪一輛是您的馬車？"乘務員問，後面跟著提行李的搬運工。

"行李放地上即可，我的馬車應該很快會到。"他答。

果不其然，一個瘦小的印度人沒多久便向他走來，很不確定地一問："柯克曼先生？"

"是的。"

"我的主人讓我來接您。"

"辛苦了，你叫什麼名字？"

"我叫伊姆蘭•可汗，但主人喚我費金。"

"什麼？"

"費金。"

費金這個名字最早出現於愛爾蘭語，後來與"鄉巴佬"關聯上，倘若不知情倒也罷，問題是柯克曼先生曾告訴強納生有關這個名字所引起的笑話，如今兒子喚家僕"鄉巴佬"，讓柯克曼先生頗感不是滋味。

"伊姆蘭，我兒子的住所遠嗎？"柯克曼先生坐進馬車後，從窗口探出頭問。

"遠，待會兒馬車會載您到火車站，大概還得坐十幾個小時的火車才會抵達西里古里。"可汗先生想了一下，"如果路上不拋錨的話。"

"意思是我兒子住在西里古里？"

"不是，西里古里是大吉嶺的最大城市。下了火車之後，還得搭另一列火車上山。您運氣好，這列火車剛通車不到半年，換作從前，得徒步或騎驢上山，條件好點兒的才有轎子坐。"

此時，柯克曼先生腦海中有關兒子的住所已經從一個現代化建築轉變為屹立山中的破舊房子，同時不免心疼那些花出去的錢（頭等艙的船票可不是一般的貴）。

"先生，您先在車廂裡休息一下，我還得去接個人。"可汗先生忽然說。

這是一輛由兩匹馬拉的四輪箱型馬車，車廂內很寬敞，坐下四個人完全沒問題，可是可汗先生卻不嫌麻煩地把旅行箱放在車頂上，而非車內，讓柯克曼先生有些迷惑，如今終於解了謎團，原來還有其他乘客。

柯克曼先生百般無聊地等了約莫二十分鐘，那名乘客才上車。

"是你！"他們二人同時喊出。

可汗先生遂問他倆是否認識？

"是的，"柯克曼先生首先承認，"這位是攝影師——羅賓遜先生。"

可汗先生說："那太好了，從這裡到茶園得花一整天的工夫，有相識的人同行，起碼不無聊。"

柯克曼先生心想原來兒子真的在茶園工作，下一秒很自然地問："茶園園主可好相處？"

"茶園園主正是令郎，"可汗先生頗為震驚，"他沒告訴您嗎？"

"沒，他只說會給我一個驚喜。"柯克曼先生有些窘迫地答。

“ 這的確是個大驚喜，不是嗎 ？ ” 可汗先
生說 。

第二十章/開往西里古里的列車

柯克曼先生很難想像資質平庸且經常惹禍的兒子有一天竟然會成為高高在上的"土皇帝"（根據彭度先生的描述），與其說是驚喜，倒不如說是驚嚇。

"原來你是我僱主的父親。"羅賓遜先生說。

柯克曼先生一時沒反應過來，遂問了一句："什麼？"

"我的僱主是茶園園主，他僱我拍結婚照。"

"結婚照？誰結婚？"

"當然是令郎。"

這消息的震撼程度甚至超過上一條。

"不，你搞錯了。"柯克曼先生答。

"不會錯的，除非費金接錯人。"

談到費金（也就是伊姆蘭‧可汗），打從馬車開始前進，他便不見蹤影。柯克曼先生下意識尋找，最後發現他就掛在車廂外，腳踩著後車輪的輪把，這實在太危險了！

在柯克曼先生和羅賓遜先生的再三堅持下，可汗先生終於進到車廂內，但樣子誠惶誠恐，反倒讓人覺得這是一個過於草率且非必要的決定。

"伊姆蘭，這裡怎麼這麼多條牛？"柯克曼先生看著窗外問。

"我們認為牛是主神濕婆神的坐騎，是聖獸，不得宰殺。它同時也是大地的化身，既能耕作和運輸，還能提供牛奶及糞便，是我們日常生活中不可或缺的夥伴，所以處處能見到它們的蹤跡。"可汗先生答。

"我想柯克曼先生問的是在大街上閒蕩的牛。"羅賓遜先生望向柯克曼先生，"對吧？！"

柯克曼先生點點頭。

可汗先生遂解釋那些都是年老體弱的牛。

柯克曼先生心想難道這就是聖獸的最終下場（任其自生自滅而不管不問）？但當窗外的景象越來越破敗，居民的情況也不比"流浪牛"好太多時，柯克曼先生反倒慶幸自己沒有說出不得體的話來。

約莫數十分鐘後，馬車抵達火車站。由於時間緊迫，可汗先生動作迅速地卸下車廂上的行李，三人匆匆忙忙地登上火車。

這輛開往西里古里的蒸汽火車與英國本土所見別無二致，柯克曼先生頓時安心不少（雖然他本人並不經常乘坐火車）。

等三人一坐下，車窗外瞬間湧上數名看起來不甚乾淨的印度人。

可汗先生說："時間晚了，離開這裡到下一站，估計沒吃的，你們想吃什麼？我買。"

柯克曼先生此時最想吃的莫過於青豆湯加白麵包，但他也知道這是奢求（至少當下無法實現）。

"我喜歡清淡點的。"柯克曼先生答。

“我不挑食。”羅賓遜先生答。

然後可汗先生將頭伸出窗外與攤販做交易，沒多久，柯克曼先生和羅賓遜先生的手裡都多出一個用綠葉包裹的東西和一杯卡其色茶水。

柯克曼先生沒料到那麼快就能喝上茶，頗為驚喜，只是這茶水不僅聞起來怪，喝起來也怪，還有，喝完茶，這杯子要如何歸還？

可汗先生告訴他杯子扔窗外即可，不用歸還，至於茶水怪，那是因為柯克曼先生第一次喝，難免不習慣，多喝幾次就不那麼怪了。

“這茶叫什麼名字？”羅賓遜先生問可汗先生。

“馬薩拉茶。它混合了多種藥草和香料，再加入奶和茶葉，不僅解渴，還能治療各種小病，是印度人最鍾愛的飲品。”

“難怪你們愛喝。”柯克曼先生答，“在英國，喝茶的風氣也很盛行，窮人喝茶梗或綠茶，條件好的喝紅茶。”

可汗先生立刻補充說明：“早期的馬薩拉茶並不含茶葉，它是後期加入的，因為茶葉變得不值錢的緣故。”

不知怎的，"茶葉不值錢"從一個印度人口中說出顯得滑稽，畢竟這玩意兒（尤指高檔茶葉）在英國無比珍貴，算是奢侈品。

此時，羅賓遜先生解開手中的綠葉子（現在它看起來像個綠色盤子），上面堆著淺黃色的蛆狀物，當中有若干切碎的蔬菜。可汗先生介紹這是Heal Muri，是將膨化後的大米與甜椒、辣椒、芥末、香料等一起翻炒而成。

羅賓遜先生隨即抓飯吃，接著給出評價：" 味道不錯，就是太辣了，柯克曼先生恐怕不會喜歡。"

柯克曼先生聽完心頭一緊，他吃不得辣，這下子恐怕要餓肚子了。結果一打開自己的綠葉子，發現裡面躺著幾個形狀扭曲的餅乾。

" 這叫Murukku，是泰米爾地區的零食。"可汗先生再次主動介紹，" 拿它當晚餐不合適，但其他食物都比較辛辣，我怕您吃不慣。"

" 我沒責怪你的意思。"柯克曼先生拿起餅乾咬了一口，" 這餅乾挺好的，我能接受。"

見兩位客人沒有不滿意，可汗先生終於可以放下心來吃東西。他為自己買的是土豆咖喱配大餅，一打開綠葉，咖喱的香味立即充滿整個車廂，現在柯克曼先生終於知道這隱隱約約，令人作嘔的怪味道來自何處了。

吃過晚餐，天已經完全暗下來，連帶車廂內也一片漆黑，這時閉目休息正好，但火車轟隆隆的聲音震耳欲聾，加上燃煤所產生的廢氣與乘客身上的汗臭味一混合，柯克曼先生頭痛欲裂，根本無法入眠。反觀羅賓遜先生和可汗先生，雖然看不清楚他們的面部表情，但微弱的打鼾聲已經說明一切。

為了儘快進入睡眠狀態，柯克曼先生開始天南地北地胡想，事實證明這方法奏效，就在半夢半醒間，他墜入時光隧道，回到過去……

強納生出生前，柯克曼太太曾流掉兩個孩子，可想而知，夫婦倆對這個得來不易的兒子有多寶貝（尤其醫生宣佈柯克曼太太的身體狀況不允許，從此得封肚），所以當得知強納生在學校被欺負時，柯克曼太太第一時間想討回公道，卻被柯克曼先生給阻止了。

“聽著，妳可以幫強納生一時，但幫不了一輩子，他該做的是保護好自己。”柯克曼先生說。

柯克曼太太覺得有理，於是把這件事全權交給丈夫處理。

當天吃過晚飯，柯克曼先生把兒子叫過去，下令他做個真正的男人。

“你的意思是打回去？”強納生問。

“是的。”

“可是那幫人全比我高大。”

“你越不反抗，他們越會欺負你，所以你得證明自己不是懦夫，即便打不贏，也要他們付出代價。”

強納生頗為訝異，自己的父親一向循規蹈矩，連講話都輕聲細語，很難想像這樣的人會允許（甚至說得上鼓勵）他打架。

談話過後的幾個月，柯克曼先生和柯克曼太太沒再聽說兒子被欺負，反倒從老師和其他家長口中陸續得知強納生成了欺負人的一方。

“強納生，也許我的表述不對，導致你理解錯誤，現在我重說一遍——別人打

你，你可以還手，但你不可以主動打人
。」柯克曼先生對兒子說。

「為什麼？」

「因為主動打人是不對的。」

強納生聽完輕蔑一笑，答：「如果我強
大了，別人連打我的心思都不敢有，豈
不更好？」

見兒子的觀念產生偏差，柯克曼先生急
著去矯正，可惜收效甚微，直至某日下
午，他終於意識到事情已經糟糕到無法
挽回的地步。

「柯克曼先生，經過慎重考慮，校方決
定開除強納生，以儆效尤。」校長對他
說。

「我兒子還躺在醫院裡，孰是孰非尚未
有定論，這時候開除他很不合理。」

「強納生毆打和恐嚇學生已不是頭一回
，如今竟然升級到動刀的程度，不論這
次他是否無辜，我校都不予接受，請另
行擇校就讀。」

當柯克曼先生回到醫院時，另一個噩耗
傳來，害他差點兒站不住。

"你的意思是強納生從此不舉，同時喪失生育能力？"柯克曼先生問醫生。

"是的，我們盡力了，但神經血管受損嚴重，已經無法恢復原有的功能。"

柯克曼先生花了好幾秒鐘才回到該有的理智。

"強納生知道嗎？"他接著問。

"我告訴他了，他很沮喪。"

不止強納生沮喪，柯克曼先生和柯克曼太太也同樣沮喪，但生活還得繼續，而且為了防止兒子有輕生的舉動，這對夫妻不得不在接下來的日子裡打起精神應對，結果實際情況與擔憂的截然不同，強納生只不過鬱鬱寡歡了數日，等能跑能跳後，他比"受傷前"更加活躍，三天兩頭鬧事，對繼續上學一事則嗤之以鼻。

見兒子已經放棄讀書，柯克曼先生語重心長地對他說："強納生，我和你媽現在不求別的，只求你能養活自己，同時別再惹事生非了。"

這是一個艱難的決定，柯克曼先生原本期望自己的兒子能當一名醫生、律師或軍官，與下層的體力勞動者分開來。

“行，只要滿足我的要求即可。”他答。

強納生的要求是搬出去住，同時學一門技術。

曼徹斯特的房租不便宜，學技術則代表有好長一段時間都不會有收入，但柯克曼夫婦還是咬牙答應了，只要兒子能過上自給自足的日子，一切的花銷都是值得的。

後來強納生成了採茶機的維修工，收入雖不豐，但起碼能養活自己。至此，這對夫妻總算是苦盡甘來。今日，柯克曼先生忽聞強納生成了茶園園主，同時即將大婚，他直覺不可能，自己的兒子既不懂茶葉也沒定性，怎麼可能經營茶園？再說，有哪個女人願意守活寡？但懷疑歸懷疑，柯克曼先生的內心其實也極其希望強納生有朝一日能成家，甚至生下一兒半女。

第二十一章/印度歸來

柯克曼先生被一股菸味給熏醒，一睜眼，晨光熹微。

"這麼早就抽菸？"柯克曼先生問隔著走道坐著的可汗先生。

"什麼？"

柯克曼先生不得不大點兒聲，好蓋過火車製造出來的噪音。

"忽然想抽，"可汗先生從口袋裡掏出一個紙團，裡面有幾根皺巴巴的菸，"你也來一根？"

柯克曼先生雖然也犯菸癮，但不想委屈自己抽劣質菸，所以婉拒了。

"還有多久到？"他問。

“久著呢！”可汗先生收起菸，“估計傍晚才會抵達西里古里，然後我們找家民宿住一晚，隔天一早再從新傑爾拜古里搭火車上山。”

柯克曼先生沒料到還得在外住上一晚，心裡犯起嘀咕。

“再怎麼糟糕也不會讓我們睡在一根繩子上，”羅賓遜先生忽然開口，“我猜應該不會。”

“我以為你尚在睡夢中。”柯克曼先生對他說。

“早醒了，但犯懶，所以閉目養神。”

既然羅賓遜先生已醒，可汗先生進一步追問“睡在一根繩子上”是什麼意思？

羅賓遜先生答：“這聽起來也許有些奇怪，但如實存在——英國倫敦的窮人常常花兩便士睡在地窖或地下室的庇護所內，他們將頭或上身掛在繩子上，像晾衣服一樣。”

“為什麼不躺下？”可汗先生又問。

“因為躺下佔用的面積大多了，兩便士可沒那個待遇。”

可汗先生又有疑問——何不睡在室外？

羅賓遜先生解釋室外的確能躺下，但得防天氣惡劣和被狼群攻擊。

“狼？像倫敦那麼先進的地方也會有狼？”可汗先生想了一下，“不，我的問題應該是像倫敦那麼先進的地方怎麼也會有那麼窮的窮人？”

“費金，”羅賓遜先生說，“先進的地方照樣有窮人和麻煩，好比落後的地方也會有富人和安逸。”

聽此言，柯克曼先生忽然有個念頭——也許羅賓遜先生並不清楚“費金”這個名字跟“鄉巴佬”關聯上，自己該不該提醒他？

“你說的沒錯，”可汗先生很快接話，“印度雖然普遍貧窮，但我的主人卻過著肆意揮霍的生活，好比為了這次婚禮，他花重金請來外國廚師，還運來好幾箱‘印度歸來’。”

因為“印度歸來”這個詞語實在太過新奇，可汗先生不得不加以說明（當然是轉述），原來某個波爾多酒莊的老闆很喜歡印度馬，於是運送一批葡萄酒到印度去交換馬匹，可惜交易沒談成，那批葡萄酒又原封不動地給運回來，結果老闆驚奇地發現這批葡萄酒不僅沒變味，反而出現不凡的風味。有人猜測那是途中的熱帶氣溫加速了葡萄酒的發酵，後來這種模式（把酒送到印度再運回來）漸漸流行起來，而經此處理過的酒都被打上"印度歸來"的標籤。

" 也就是說'印度歸來'又再一次歸來？"羅賓遜先生說。

可汗先生思考了一下才理解話中的幽默，回答："是的。"

"看來你不是費金。"柯克曼先生衝口而出。

"什麼意思？"可汗先生問。

柯克曼先生的意思是他不是"鄉巴佬"，所以聽得懂羅賓遜先生的話中話，但此時此刻不能這麼答，只好顧左右而言他，問下一站能否買到吃的？

"當然，而且選擇性會比昨晚多很多。"可汗先生答。

柯克曼先生喃喃道："那就好。"

第二十二章/曉以大義

坐長途火車並不總是令人愉悅，還好車窗外風景宜人，多少沖淡處在狹小空間裡所產生的不舒適感。

如同可汗先生所說，火車停靠的幾個站點都有小販在車廂外叫賣，而且選擇性真的比夜裡多，但食物卻沒有變得可口，這讓柯克曼先生頗為失望（打從抵達印度起，他就沒能在飲食上取悅自己）。

當夕陽西下時，柯克曼先生直覺終點站應該不遠，因為乘客開始騷動起來。

"終點站快到了。"可汗先生說。

"這就是西里古里？"羅賓遜先生看向窗外，"挺有特色的，待會兒我可以多拍幾張照片。"

正是這幾句話，害柯克曼先生和可汗先生擔心了一整晚。

"怎麼辦？羅賓遜先生還是沒回來。"可汗先生喃喃道，"天都亮了。"

雖然與羅賓遜先生相識不久，但柯克曼先生認為此人極其獨立與成熟。換言之，他強大到足以保護好自己，除非遇到不可控的情況（這反而成為需要擔憂的理由）。

"如果錯過這班火車，下一次何時出發？"柯克曼先生問。

"不好說，這火車主要用來運輸茶葉，回程再帶上生活物資給山上居民，所以不是天天發車。"

柯克曼先生感覺不妙，這豈不意味著他還得待在這個簡陋的泥房裡（他一度懷疑它到底有沒有遮風擋雨的作用）？

此時，院子裡的牛隻哞哞低鳴，緊接著傳來稀稀嗖嗖的聲音，像是有人朝他們走來。

"嗨！"羅賓遜先生掀開布簾，"太好了，你們還沒走掉。"

柯克曼先生隨即問他去了哪裡？害他們擔心一整夜！

"我想拍滿天星斗，"他一拐一拐地走進來，"一個不小心掉進捕獸的陷阱裡，今晨才被救起。"

柯克曼先生這時才注意到羅賓遜先生的額頭、臉頰和手臂都有擦傷，腳可能傷得最重（否則不會行走困難），手裡的相機反倒比他本人來得完整。

羅賓遜先生立即表示正是為了保護相機，他才跌得這麼慘，不過三腳架算是泡湯了。

"沒三腳架能拍嗎？"柯克曼先生問。

"拍是能拍，但效果不好，看來我得親手製作一個。"

"你會？"

"不會也得嘗試一下，否則僱我的老闆就不開心了。"

柯克曼先生下意識想說點兒什麼，卻發現什麼也說不了，因為他不是僱用羅賓遜先生的那個人。

"我們得馬上出發了，"可汗先生催促，"離上山的火車站還有一段路要走。"

柯克曼先生和羅賓遜先生無異議，於是可汗先生開始張羅交通工具——牛車（根據可汗先生的說法，這附近沒有馬車，得到市區才有）。

本來的打算是人與行李一起上，後來發現牛車的速度實在太慢，柯克曼先生和可汗先生只好跳下車，改為步行（羅賓遜先生由於行動不便，繼續留在車上）。

清晨的漫步其實說得上愜意，朝陽才剛剛升起，淡藍的天空，柔軟的雲，涼爽的風，遠處的炊煙，衣履闌珊但看起來友善的居民......這是一趟不一樣的旅程，像來到另一個世界。

"羅賓遜先生的腳需要看醫生。"可汗先生忽然對柯克曼先生說。

"是的，我也注意到了，他的腳踝腫得像司康。"

"司康？"

柯克曼先生解釋那是一種英國人常吃的下午茶食物，不同於餅乾，也不是蛋糕或麵包，味道可以是甜口，也可以是鹹口，顏色金黃，表面凹凸，看起來像一塊三角形的小石頭。

可汗先生聽完哈哈大笑，他說柯克曼先生把一件極其簡單的事說成了故事。

柯克曼先生想想也對，忍不住跟著笑。

又走了一段路，柯克曼先生才想起重要的事，問：“山上可有醫生？”

可汗先生回答有是有，但那是主人的私人醫生，一般人不給治，看來羅賓遜先生只能自救，或求神，或依賴草藥，像這裡的人一樣。

柯克曼先生心想那哪成？等他見到強納生，一番曉以大義是免不了的。

第二十三章/傷情加重

遠遠的，柯克曼先生看到一條蜿蜒的軌道，由於過於狹窄，他一度聯想到那是給馬車走的（好比英國的有軌馬車）。哪知腦海裡剛產生這個念頭，鳴笛聲便由遠及近，不多久，冒著黑煙的火車頭便拖著幾節車廂轟隆隆駛近，其寬度只及一般火車的一半，讓人看了目瞪口呆。

可汗先生說鑑於車廂窄小（每排僅設雙座，左右各一，中間走道只容側身通過），乘客的隨身行李不得不與其他雜物一起堆放在貨車廂內。

柯克曼先生不免擔心，旅行箱內有他買給兒子的禮物，其他能丟，這個不能丟！

當火車再度鳴笛，代表最後一段旅程即將開啟。隨著火車越爬越高，柯克曼先生終於理解當初設計"窄"火車的用心——山路陡峭，拐彎處又多，甚至會來上360度大回環，如果車體過大，很容易墜入山谷。

"伊姆蘭，到山頂還要多久時間？"柯克曼先生問。

"您的意思是終點站古姆吧？！順利的話，四個多小時就能到。"他答。

羅賓遜先生捉狹一問："如果不順利呢？"

"那就不好說了，等上幾天都有可能。還好現在不是雨季，暴雨引發的泥石流不致於發生，但誰知道呢？"

柯克曼先生萬萬沒想到還有這層隱患，本來放鬆的心情忽然變得緊張起來。

"如果我是您，我會向雪山祈禱。"可汗先生對柯克曼先生說，大概也感受到他的心理變化。

"雪山？你指天邊那條被雪覆蓋的山脈？"

"正確地說，祈禱的對象是其中一座——卡拉薩山。相傳印度教的主神濕婆神就是在卡拉薩山修煉苦行，從而獲得來自遠古的力量。」

柯克曼先生也是有信仰的人，他相信聖父、聖子與聖靈，不像可汗先生所說的「神話故事」那般邪乎。

「我會向上帝祈禱一路平安。」柯克曼先生說。

「如果不麻煩的話，請順便幫我祈禱。」羅賓遜先生將褲腳拉高，查看傷處，「好像更腫了。」

話說得沒錯，本來只有司康大小的腫塊，現在已經腫成半個羅宋包。

「你的腳需要看醫生。」柯克曼先生對羅賓遜先生說。

「我知道，希望山上有常駐醫生。」

可汗先生重申有是有，但那是主人的私人醫生，一般人不給看。

「不用擔心，」柯克曼先生趕緊接話，「強納生不致於如此小氣。」

說這句話時，柯克曼先生其實沒那麼篤定，但若不表態，顯得不近人情。

「謝謝！你們一家都是好人。」羅賓遜先生心懷感激地答。

第二十四章/難堪

也不知轉了多少彎道，看過多少雲海霧河，火車終於來到鬧市（說是鬧市，其實是與人跡罕至做對比），兩旁開始出現房屋和攤位。當火車停下來時，乘客甚至可以通過窗口與車外的居民聊天或進行交易。

"這種'繁華'景象一直都有嗎？"柯克曼先生轉頭問坐在後座的可汗先生。

"當然不是。"他答，"大吉嶺原本是個荒無人煙的山城，後來成為英國人的避暑勝地，再後來，英國引進中國茶苗，由於氣候合適，加上豐富的植被，茶園欣欣向榮。不過真正讓它熱鬧起來是由於鐵路開發，以前得花兩天的工夫才能將茶葉運到山下，現在四個多小時就能到，如果剛好又銜接上開往加爾各答的火車，等於一天的時間就能把茶葉運上船，您說快不快？如此一來，訂單自然增多；訂單一多，茶園就需要更多人手，間接帶動地方經濟與繁榮。”

“我聽說印度還有另一種茶葉叫阿薩姆。”羅賓遜先生說。

“是的，那是印度土生的品種，不是外來的。”

柯克曼先生感覺新奇，衝口而出：“原來印度還有土生茶樹。”

“先生，印度在歷史上也有高光時刻，不是一直氣數殆盡。”

想到可汗先生也許誤會了，柯克曼先生趕緊澄清自己沒有傷人的意思，請見諒！

“您言重了，”可汗先生坐直了身子，“像我這樣身份卑微的人可承受不起，倘若讓我的主人知道了，我可能會受鞭刑或被關進地牢裡。”

柯克曼先生下意識看向羅賓遜先生，結果對方望向窗外，這種刻意的舉止讓柯克曼先生感覺無比難受（自己的兒子魚肉百姓，有什麼比這個更加難堪？）。

“我相信這其中一定有什麼誤會，不過我答應你不會把這件事告訴強納生。”柯克曼先生說。

“太感謝了！我們全家都在茶園工作，實在惹不起呀！”

這是二度難堪，羅賓遜先生大概也注意到了，他開始轉移話題，問：“抵達古姆後，還需步行嗎？”

“需要，主人只替柯克曼先生準備轎子，你和我都得步行。”可汗先生答。

第二十五章/希雅

轎子只有一頂，兩根長竹竿夾著一張藤製座椅，椅背上還插了把傘。

柯克曼先生毫不猶豫就將轎子讓給行動不便的羅賓遜先生，後者頻頻道謝。

聽可汗先生說，茶園在兩公里外，以正常人的步速，頂多一個小時就能到，但實際情況卻非如此，因為路況不佳且提行李的腳伕只有兩位，即使可汗先生搭把手，前進的速度依舊緩慢。

"法蘭克，你還好嗎？"坐在轎子上的羅賓遜先生轉頭問。

柯克曼先生回答很好，但其實不太妙，起初還能欣賞沿路的風景，現在則完全

不行，他感覺自己心跳加速且呼吸困難
。

當可汗先生喊著大帝茶園到了時，有些
力不從心的柯克曼先生還以為自己聽錯
了（大帝茶園？）。他抬頭望去，一畦
畦的綠色茶田上方矗立著一幢黃牆綠頂
白煙囪的大房子。在英國，這樣的大宅
邸只有莊園的主人才配擁有，他不免懷
疑是否陽光太過強烈，以致產生了幻覺
？

正想著，天地忽然開始旋轉，當再有意
識時，柯克曼先生已經躺在柔軟的床上
。

“你已經昏迷近一個小時。”一個戴眼鏡
的中年男子對他說，“我是普爾醫生，
你現在感覺如何？”

柯克曼先生試著爬起，結果腦袋轟了一
下，他隨即又躺下，氣若游絲地答：“
我頭痛欲裂。”

“這裡海拔高，初來乍到的人很容易有
高原反應，這樣吧！我開個罌粟丸給你
服用。”

“罌粟丸？這可是毒品？”

普爾醫生解釋罌粟丸是藥丸，雖然原料同樣來自草本植物——罌粟（與鴉片同源），醫療上卻有鎮定止痛的功效。

“我需要服用多久？”柯克曼先生問。

“先服用兩、三天試試。”

“不會有副作用吧？！”

“不會。”普爾醫生笑了，“你先休息一下，我去準備藥丸。”

等人走後，柯克曼先生才想起羅賓遜先生的傷腳，但他一點兒也不著急，因為普爾醫生說過他去準備藥丸，應該很快會回來，屆時再提醒他即可。

結果等著等著，柯克曼先生又墜入夢鄉，再醒來時，他看到床邊坐著一個相當肥胖的人。

“爹地，你怎麼又睡著了？”那人問。

柯克曼先生猛然一驚，成年人很少像孩童一樣喊自己的父親“爹地”，莫非這真的是強納生？

他快速坐起並且仔細端詳，此人的臉頰像發過的麵糰，雙下巴和大肚腩很明顯，然而屬於兒子的駝峰鼻沒變，青少年時期打架所留下的疤痕也還在。

「你真的是強納生，」柯克曼先生興奮地擁抱他，「好久不見，你好嗎？」

「很好。」強納生拍拍父親的後背，接著離開他的懷抱，「這一路可好？」

「非常好，我認識很多人，也見識到很多新事物。」

「那就好。」他看向普爾醫生，「我父親還需要多久時間才能恢復正常？」

「端看他的身體素質，素質若好，多喝水、多休息也能康復。」

「不，還是給他藥丸吧！那個效果快。」

於是在醫生的指導下，柯克曼先生服用了一顆褐色藥丸，下一顆是睡前服用。

「爹地，今天事多，我得先去處理一下，晚餐我們一起吃。」強納生指向站在房門邊的女孩，「這是希雅，有什麼事你讓她做，別客氣！」

兒子和醫生走後，房間裡只剩柯克曼先生和女孩，氣氛有點兒僵，柯克曼先生決定打破僵局。

「妳叫希雅？」他問。

「我的名字叫沙雅，但主人叫我希雅，我便是希雅。」

“妳喜歡我叫妳希雅還是沙雅？”

“無所謂，沒有喜歡或不喜歡。”

這個叫希雅（或者沙雅）的女孩穿著藏青色的棉布袍，頭上纏著一塊碎花布，臉很小，身材纖細，亞洲人臉孔，跟加爾各答所看到的人種有很大的區別。

“妳脖子上掛的是什麼？”柯克曼先生接著問，繼續為拉近彼此的距離做努力。

“項鏈。”

“我知道是項鏈，用什麼做的？”

“石頭……加工過的石頭。”

“很漂亮。”

“漂亮？”希雅努努嘴，“您沒看過更漂亮的，譬如九眼珠、珊瑚珠、綠松石、黃琥珀、蜜蠟珠、金包石、銀包珠……等。”

柯克曼先生的確沒看過，那些東西光聽名稱就知道所費不貲，在這個深山裡，應該不會有人佩戴才是。

希雅回答雖然他們普遍貧窮，但習慣把錢花在購買飾物上，一來方便攜帶；二來保值；三來可以裝飾。她是買不起，但不代表別人也買不起。

柯克曼先生想想也對，自己的確太武斷了。

"妳過來。"柯克曼先生對她說。

希雅臉色大變，但仍走過來。

"妳看起來很年輕，上過學嗎？"他問。

"我已經23歲了，沒上過學。"

"真的？我還以為妳頂多14歲。告訴我，平常妳都做些什麼？"

"主人讓我做什麼就做什麼。"

"我指愛好，像是唱歌、跳舞或畫畫。"

"除了工作，沒什麼愛好。"

"家裡還有什麼人？"

"爺爺、奶奶、爸爸、媽媽、兩個姐姐、三個弟弟。"

"他們也在這裡工作？"

"是的，他們在茶園裡工作，只有我一人在大屋裡工作。"

"我第一次來，還沒參觀過大屋，妳能當我的嚮導嗎？"

"可以。"

於是柯克曼先生下床來。

第二十六章/大吐苦水

柯克曼先生的房間很大，帶衛浴，有一個雕刻精美的衣櫃和一張柔軟的床，床正對著壁爐，壁爐上方掛著一幅色彩鮮豔的畫，畫裡有荷花、山羊、孔雀和一個藍皮膚的人……

"等等，"柯克曼先生叫住向外走去的希雅，"妳先給我講講這畫裡的人是誰？"

"那是印度教的主神毗濕奴。"

"為什麼祂的皮膚是藍色的？"

"我也不清楚，但神的膚色肯定不會跟凡人一樣。"

"妳也信印度教？"

「不，我信上帝，主人說信上帝得永生。」

柯克曼先生也是有信仰的人，但他不清楚兒子何時皈依基督教，印象中他是個無神論者。

「好了，我沒問題了，請帶路。」柯克曼先生說。

結果希雅建議他不妨先看看房间外的景象再走。

柯克曼先生想想也好，遂推開落地門走到陽臺，落入眼底的是山巒連綿、蓊鬱蒼翠的優美景致。

「天哪！太驚豔了。」柯克曼先生忍不住讚歎，「我真羨慕妳每天都能欣賞這無敵的美景。」

「您看見眼皮底下的工人沒？」希雅問，「他們得工作到天全暗了下來才能收工，而我和這裡的女孩們也輕鬆不到哪裡去，所以除了主人和主人的客人外，不會有誰會有那個時間和心情去欣賞美景。」

柯克曼先生忽然心生厭惡，做夥計哪有不辛苦的？如果不滿意，大可離開，沒必要向外人大吐苦水。

“走吧！我想趁天黑前熟悉一下環境。”
柯克曼先生冷冷地說。

第二十七章/賽加

當煤油燈一盞一盞地亮起時，柯克曼先生對兒子的家已經有了概括的認識——這是一棟半木半磚，再用柱子頂起的浮腳屋，佔地面積約 1/8 英畝，底樓是會客區域，一樓才是居住空間。和其他熱帶地區的殖民地房屋一樣，為了達到雨季排水和自然通風的效果，此屋設計了雙斜坡的屋頂和寬敞的柱廊，而為了居家安全，四周砌起了高聳的圍牆，形成一個封閉的空間，出入口有人 24 小時看守著。

"這宅邸裡一共有多少人？" 柯克曼先生問。

希雅想了想，答："提供飲食的有廚師、麵包師、酒窖師；為交通、娛樂做服務的有轎伕、腳伕和樂手；為安全做保障的有門衛；為主人提供私密服務的有醫生、房僕；其他還有隨叫隨到的使喚僕人，這麼算起來，大概三、四十人。”

柯克曼先生心想這三、四十人光為強納生一人忙碌，可真夠奢侈！接著，他指著前方那棟燈火通明，人影憧憧的建築物，問：“靠近圍牆的那棟屋子是做什麼的？”

“那是次屋，底層是廚房，一樓是男僕宿舍。”希雅答。

“這裡是男僕多還是女僕多？”

“男僕，因為僕人還得擔起保護主人人身和財產安全的職責，男性在這方面比較佔優勢。”

“男僕有宿舍，那妳呢？妳住哪裡？”

“我也住主屋，其他女孩也是。”

針對此點，柯克曼先生剛開始有些不理解，後來想通了，主屋有上下兩層，房間數又多，如果分開來住，使喚起來多不方便。

此時，一個身穿紅底印花棉布褂的女孩走過來，小聲地對希雅說：“主人讓我過來請客人上桌。”

柯克曼先生憶起強納生曾說過要與他一起共進晚餐，但仍不放心地詢問女孩可有其他人在場？

"沒有，普爾醫生一向被安排晚點兒再用餐。"她答。

女孩說話時，柯克曼先生留意到她的衣著明顯比希雅的花俏，還有，她戴著一條與她的身份地位極不相符的藍寶石項鏈（反觀希雅，戴的是加工過的石頭）。

"很漂亮的項鏈。"柯克曼先生對女孩說。

"是的。"

"妳叫什麼名字？"

"賽加。"

柯克曼先生很想再多問問有關這女孩的個人信息，礙於自己有更要緊的事要做，所以眼睜睜地看著賽加走了。

"賽加很漂亮，不像我這般醜。"希雅忽然說。

"沒有的事，妳們二位都長得美，真要分出高下，我認為妳更勝一籌。"

叫賽加的女孩的確擁有姣好的面容，但不知怎的，形體消瘦到讓人擔心風一吹就會被吹跑了，臉色還蠟黃，反倒沒有希雅來得大氣。

然而希雅並不相信柯克曼先生所言，她進一步闡述：“以前我認為長得醜是個咀咒，但來到大屋後，我反而慶幸自己長得醜。”

“什麼意思？”

“您很快會發現答案，比從我這裡得到要好些。”她停頓了一下，“時間晚了，讓我帶您至餐廳吧！”

“好的，不過我想先回房間拿樣東西。”柯克曼先生答。

第二十八章／最純真的人

為了應付旅途中可能會有的無聊時刻，柯克曼先生帶了三本書隨行，其實他還有第四本，只不過那不是為自己準備的，而是一份禮物，送給許久未見的兒子。

柯克曼先生很快就在旅行箱中找到那本書，它被一件暗紅色的毛衣包裹著。在確認書本完好無損後，柯克曼先生帶上它來到餐廳，原以為兒子已經在等他，結果裡面空無一人，希雅說主人應該很快就到。”

“他在忙什麼？”柯克曼先生問。

“不知道，總有事忙。”

柯克曼先生環顧四周，接著說：＂這餐廳好大！＂

＂是的，比山上教堂的內部還要大。＂

＂這裡有教堂？＂

＂有的，聽說主人還捐了不少錢。＂

話甫歇，一陣急促的腳步聲傳來，一見，果然是強納生，柯克曼先生立刻站起身來。

＂爹地，＂強納生拍了拍父親的肩膀，＂你這老傢伙吃過藥後有沒有變得身強體健？＂

＂託你的福，身體好多了。＂

這不是應酬話，自從吃過藥丸後，柯克曼先生精神抖擻，像＂起死回生＂了一樣。

＂這是神仙藥，多吃幾顆，你會宛若少年。＂

＂那可不成，總歸是毒品，怎能多吃？＂

強納生沒接話，交待希雅上酒上菜。

倒完酒，菜也送到，父子倆開始把酒言歡，柯克曼先生把自己的近況和在船上的所見所聞娓娓道來；兒子強納生也訴

說這八年來發生的種種，原來因緣際會
下，他被東印度公司派到大吉嶺經營茶
園，雖然他的大帝茶園在39個茶園當中
的產量不算最高，卻最受上級青睞，常
作為示範茶園，負責接待來自各地的訪
客。

「為什麼叫大帝茶園？」柯克曼先生問。

「歷史上被冠以'大帝'的統治者皆為人中
豪傑，所以我把茶園命名'大帝茶園'，一
方面致敬，另一方面效法。你可別小看
這茶園，雖不大，卻是我的王國，而我
就是王國裡的大帝。」

柯克曼先生想起彭度先生說過的話（鴉
片園和茶園園主都是土皇帝），看來兒
子真的過上隨心所欲的生活。

強納生聽聞後不免好奇，遂問這位彭度
先生叫什麼名？

「我一時想不起來，但記得他是鴉片園
的督察員，也算是東印度公司的人。」

「那我知道了，他叫亞當•彭度，一個氣
量狹小，只會到處巴結和鑽營的人。虧
他得了個好工作，換在英國，指不定還
在哪裡行乞！」

柯克曼先生和彭度先生不熟，勉強算是點頭之交，所以很難判斷兒子的評價是否正確，不過有些人飄洋過海後的確混得風生水起，強納生不也是？

腦海剛有這個想法，強納生問他：“你和媽大概沒料到我這個廢物也會有揚眉吐氣的一天吧？！”

雖然現況出乎意料，但有哪對父母不希望自己的兒女功成名就？

“強納生，你是否對我和你母親有什麼誤解？”柯克曼先生反問。

“誤解？”強納生大笑兩聲，“我從來不誤解別人，都是別人誤解我。”

雖然柯克曼先生有一肚子的話要說，但見氣氛不對，他決定先緩和一下緊張的局面。

“我記得你喜歡動物，所以一看到這本書，立刻聯想到你，希望你會喜歡我帶給你的禮物。”說完，柯克曼先生把書遞上。

強納生一看到書就頭疼，心想怎麼三十多年過去了，他的父親依舊不懂他？

他隨手翻了翻這本叫《四足野獸史》的書，裡面的動物插畫的確看起來栩栩如生，但更多的是文字介紹，一個差等生若看得懂那些結構複雜的長語句，那才叫奇怪！

"你從來沒放棄過，是嗎？"強納生闔上書問。

"放棄什麼？"

"放棄改造我成為你希望的樣子。"

柯克曼先生的確曾想過改造自己的兒子，但一次又一次的失敗讓他心灰意冷，到最後他只期望強納生不出事就好。

"即使我曾有過這份心思，多年前也早已放棄了，見你如今發展得這麼好，我真心替你高興。"

聽到這個，強納生的嘴角露出難以言喻的笑容。

柯克曼先生等待兒子說些什麼，結果沒有，氣氛再次跌至冰點。此時，柯克曼先生忽然憶起羅賓遜先生，想著若有外人在場，氛圍應該會好一些，遂提議邀請攝影師一起用餐。

"一個跛腳攝影師休想讓我再多花一盧比，我已經第一時間趕走他。"強納生說。

柯克曼先生嚇得瞠目結舌，兒子這個時間點趕人，連下山火車都沒有，遑論一路都是崎嶇的山路，月光又朦朧……

面對父親的指責，強納生冷哼一聲後，答：“你是我見過最純真的人！攝影師連路都走不好，要如何完成任務？但凡你能狡猾、巧詐些，也不會數十年只守著一個書店。”

蒙特故勳爵也曾評價柯克曼先生是他見過最純真的人，現在聽起來更加逆耳，這是貶義的意思沒錯。

“純真有什麼不好？看看你，現在誰幫你……”柯克曼先生忽然住嘴，“是你拍結婚照嗎？”

“當然，我既當新郎又當父親，不值得拍照留念嗎？”

柯克曼先生又驚又喜（原來這就是兒子給他的驚喜），他還以為柯克曼家註定絕後了呢！

“我可以見見新娘子嗎？”柯克曼先生問。

“不急，這週末你就能在婚禮上見到她。”強納生答。

第二十九章/邪惡之花

次日吃過早飯，普爾醫生過來複診，發現柯克曼先生已經無恙，遂把藥丸放回緞面馬甲的口袋內。

“這藥丸是打哪兒來的？”柯克曼先生問。

結果普爾醫生誤會他的意思，回答：“割開罌粟未成熟的蒴果，會有乳汁滲出，經乾燥凝固，再加工製成。”

“你的意思是這裡也種罌粟？”

“是的，花園裡那些顏色或深或淺的花便是罌粟花。”

柯克曼先生喃喃道：“看樣子有高原反應的人不少，所以需要常備藥丸。”

普爾醫生解釋罌粟對生長的環境有特殊要求，需要雨水少但土地濕潤，日照長但不乾燥，土壤養分充足且酸性小，另外，海拔高度最好在900米～1300米之間。換言之，這裡太高，每年還有三個月的雨季，並不適合罌粟成長，最後能存活下來並且長出果實的不多，如此珍貴的藥丸又怎能輕易予人？

"既然這樣，藥丸是為誰準備的？"柯克曼先生問。

普爾醫生沒有針對問題回答，而是表示這裡偶爾有訪客，但即使頭疼得厲害，強納生也只會讓他們飲用罌粟殼煮開的水。

"那麼......莫非......"

"無可奉告。"

柯克曼先生心領神會，這藥丸是給強納生準備的，沒想到這孩子依舊不學好，柯克曼先生的心瞬間跌至谷底。

和兒子吃過午飯後，柯克曼先生原本想找機會核實，可是一直心不在焉的強納生推說有事，很快便消失得無影無蹤。此時的柯克曼先生有兩個選擇，一是回房重拾讀到一半的《父與子》，二是四處逛逛。由於今早聽說庭院裡種了罌粟，他決定去看看罌粟花長什麼樣。

"先生，您在這裡做什麼？"希雅忽然現身問。

"我在欣賞花開。"

當柯克曼先生經過花園時，他特地駐足觀賞，那些花或白、或紅、或藍、或紫，個個豔麗且香氣撲鼻，如果不是提前被告知，柯克曼先生不會聯想到這些就是傳說中的邪惡之花——罌粟花。

"那些都是醫生的寶貝，您可千萬別碰。"

柯克曼先生當然知道個中緣由，但仍故意問："他要這些花做什麼？"

"醫生要的是果實，非花。"

"他要果實做什麼？"

"您很快會發現答案，比從我這裡得到要好些。"

同樣的話，希雅已經說了兩遍，她肯定隱瞞著什麼，但柯克曼先生不想強迫她說。

"我能出外走走嗎？我指的是離開宅子。"柯克曼先生問。

“當然，”希雅顯得興奮非常，“我帶路，這樣您就不會迷失方向。”

“當然，”希雅顯得興奮非常，“我帶路，這樣您就不會迷失方向。”

第三十章/萬惡的資本家

柯克曼先生原本只想獨自散步，沒料到多了個人陪，還是個年輕女孩，所以很是欣喜，尤其希雅看著高冷卻不寡言，她很積極地介紹周圍環境和樹種（包括白楊、白樺、橡樹、榆樹、常綠松以及種類繁多的蘭花），兩人的談話算得上愉快，直至行經一處被鐵網包圍住的磚造建築物，話題才嚴肅起來。

"那是什麼？"柯克曼先生問。

"茶葉加工廠，"希雅答，"裡面有揉捻機、乾燥機、萎凋機、揀選機等。"

"怎麼四周被鐵網圍住且大門緊閉？"

"大概害怕裡面的人逃出來。"

柯克曼先生望向希雅，後者面無表情，
難以判斷她是否開玩笑。

"那豈非像坐牢一樣？"他說。

"正是。"她答。

柯克曼先生二度望向希雅，後者依舊面
無表情。

他們繼續往前走，與此同時，柯克曼先
生也豎起耳朵傾聽，可惜除了風聲蕭蕭
，沒有其他聲音（好比機器運轉的聲音
）。

"我是絨巴人，"希雅忽然開口，"父母
說我們的祖輩最早住在錫金，後來才南
移到大吉嶺，過起半遊牧半農業的生活
。自從英國人來了之後，大量的土地被
歸劃為茶園，我們也當起了工人，比起
從前，生活要痛苦很多。"

痛苦？柯克曼先生以為應該是幸福很多
才是，遂說："如果不願意，大可離開
。再說，以前你們過著四處遷徙的生活
，如今安定下來，有了固定收入，不用
看天吃飯，豈不更好？"

"現在兵荒馬亂，想找個容身之處，談
何容易？還有，本來仗著人少，主人還

會開出好條件留人，自從成功引進大量勞工後，情況反轉了，原本的承諾煙消雲散，不僅住房搖搖欲墜，連最基本的醫療也沒有，每天過著吃不飽、餓不死的生活。"希雅嘆了口氣，"我們就像牲口一樣任人擺佈，你們口中所謂的恩賜，對我們而言是慢性毒藥，卻期待或認定我們會感恩一切，這就是差距！"

殖民統治乃大欺小、強欺弱，難免暴力血腥，柯克曼先生很清楚這一點。

"希雅，冒昧問一句——妳拿多少工資？"柯克曼先生問。

"一天1/4盧比，比漂亮女孩們賺的少多了，但我一點兒也不羨慕她們。"

柯克曼先生不清楚印度的幣制，但聽希雅的口氣，1/4盧比應該不算多。

"妳已經數次提到美與醜，為什麼？"柯克曼先生又問。

希雅欲言又止，最後指向遠方，說："看！多美。"

放眼望去，遠處是綿延不絕的大小山峰，近處則是高低起伏的綠色茶田，穿梭其間的採茶工們身著樸實的棉布袍，背後背了個茶筐子，雙手正不停地採摘，動作迅速且嫻熟……

這是柯克曼先生第一次近距離觀察到採茶工，他們當中有男有女，有老有小，大部分是亞洲人臉孔，少部分膚白且濃眉大眼（但跟歐洲白人又有差距）。

"是很美，不僅風景美，人物也美，讓我聯想到《拾穗者》那幅畫，都是勤勤懇懇工作的勞動者。"

"拾穗者？您能多講講那幅畫嗎？"

於是柯克曼先生描述了畫的內容，包括背景、姿態、用色等。

"原來白人也有窮人，但肯定沒我們過得苦。"希雅喃喃道。

柯克曼先生一聽來氣，答："聽著，我在曼徹斯特開書店，給夥計的工資是一天兩先令，以致他夜晚還得背冰塊去，所以不是只有你們辛苦，誰的生活都不易！"

興許話說得重了點兒，希雅聽完後陷入沈默，柯克曼先生反倒覺得過意不去，正想著該如何化解時，她開口說道："在我看來，我的主人揮金如土，要什麼有什麼，還有大批人供他差遣，至少他的生活是容易的。”

希雅的主人正是柯克曼先生的兒子，這麼說，無疑將強納生歸為萬惡的資本家，柯克曼先生感覺難受極了。

“我無意冒犯，”希雅又說，“但我們的微薄工資幾乎無法餬口，九成工人都出現營養不良的症狀，且因居住環境糟糕，經常會腹瀉和感染各種皮膚病。”

“我不明白妳為什麼要告訴我這些？”

“您是主人的父親，您的話，主人肯定會聽，所以請把我們的苦處告訴他。”希雅忽然撲通跪下，“請原諒我如此迫切，因為聽說您婚禮過後就會離開，我們又碰巧有單獨說話的機會，所以……拜託了，一見到您，我就知道您是個好人。”

在希雅的家裡，也許她父親的話就是王命，但在柯克曼家，強納生根本不受教，否則做父親的他也不會時刻提心吊膽。

聽完解釋，希雅默默從地上爬起，神情很是萎靡。柯克曼先生又何嘗不是？尤其回去的路上又不小心目睹尷尬場面，更是雪上加霜。

“採茶工的住處沒有廁所，不管天氣多麼惡劣、時間多麼晚、場合多麼不恰當，都只能在茶園裡解決。”希雅低下聲，“男人還好，女人就不免難堪。”

第三十一章/漂亮女孩們

從茶園回來，柯克曼先生心事重重，以致向來睡眠質量很好的他，今晚失眠了。

在床上輾轉反側半宿，由於實在難熬，柯克曼先生從床上爬起，心想也許喝杯牛奶會好些。

牛奶在廚房裡，柯克曼先生大可搖鈴讓僕人送過來，但橫豎自己睡不著，所以決定親力親為。當他手持煤油燈，走在一樓的柱廊上時，一個房門忽然被打開。

"普爾醫生？"柯克曼先生將煤油燈高高舉起，好二度確認，"真的是你，原來你住這間。"

「不，這不是我的房間。」普爾醫生答，樣子有點兒窘迫。

柯克曼先生往洞開的房間望去，一名女性的身影一閃而過，普爾醫生趕緊關上房門，同時急切地說：「我發誓這是第一次，不會再有下次，請別告訴強納生。」

柯克曼先生靈光一閃，頓時惱怒，這是犯罪！但再一想，指不定女孩是自願的，孰是孰非尚不好說。

「我不會告訴強納生，但請自重，淑女們……」

話未答完，普爾醫生噗嗤一笑。

「你笑什麼？」柯克曼先生挺不高興地問。

「我笑你把解決男人生理需求的女人稱為淑女。」

「你的意思是……莫非……莫非她就是強納生即將迎娶的女人？」

普爾醫生嚇得面色鐵青，強調絕無可能，因為新娘子正待在娘家，婚禮之前都不能露臉，否則會給婚姻帶來不幸。

「那……」

“實話告訴你，強納生有四個女人輪流陪他睡覺，其中之一近期懷上了。強納生得知後非常開心，決定明媒正娶，倒是女方的態度不明朗，最後才答應下來。”

這下子柯克曼先生終於明白“漂亮女孩們”究竟是怎麼回事，以及為什麼希雅說她們賺的比她多。

這個驚人的發現讓柯克曼先生鬱結在心，連繼續談話的興致也沒有了。

“夜深了，你還是回自己的房間吧！”他對普爾醫生說。

“你呢？不睡？”

“本來想喝杯牛奶，現在不想了，我也回房睡覺去。”

回到房間的柯克曼先生更加睡不著，心裡反覆琢磨“漂亮女孩們”可是自願的？如果非自願，大可逃跑，為什麼不呢？

就這麼胡思亂想，直到清晨的曙光透了進來，柯克曼先生才短暫進入夢鄉。

第三十二章/卡在喉嚨裡的魚刺

柯克曼先生剛入睡就被撕心裂肺的喊叫聲給吵醒。他披上晨褸，尋聲過去，發現有幾個人擠在某個房間門口，遂上前查看，結果差點兒被懸掛在門框上的結飾給打中額頭。

"她怎麼了？"柯克曼先生問離他最近的可汗先生。

"生病了。"

"生什麼病？"

"不清楚，這裡的女孩們偶爾會生病，發作起來好像被魔鬼附身。"

"那趕緊叫普爾醫生過來！"

“還不到時候，等時候到了，醫生自然會來，現在只能將她綁在床上，再讓她咬住木頭，免得自殘。”

“自殘？”

“是的。曾有個女孩犯病，拿頭撞牆不說，還咬舌頭，場面一度失控。”

柯克曼先生回頭又望了一眼仍奮力掙扎的女孩，頓時心生不滿，怎麼普爾醫生坐視不管？

“普爾醫生住哪個房間？”柯克曼先生問，“我這就過去找他。”

可汗先生答醫生不在房內，不久前剛見他出門。

既然普爾醫生不在，柯克曼先生只能找強納生，於是他回房換上合適的衣服，然後往餐廳走去。

根據這兩天的觀察，會在餐廳用餐的只有三個人，那就是強納生、柯克曼先生和普爾醫生，但普爾醫生並不與強納生一起吃飯（至少這段時間內沒有）。

柯克曼先生等了好一會兒才等到打著哈欠進餐廳的兒子。

“有個女孩生病了。”柯克曼先生對兒子說。

“我知道，一大早就鬼哭狼嚎，十公里外都聽得見。”

“普爾醫生應該過去瞧瞧，聽說他出門去了。”

“我也聽說了。”

“你也聽說了？”

“你剛告訴我的，不是嗎？”

柯克曼先生無語了，這不是交流該有的樣子，不過也怪他選擇的時間和地點不對，強納生明顯對眼前的美食更感興趣，專注地像在辦一件重要的事。

“我記得你以前的食量不大。”柯克曼先生說。

“離開英國後，我才知道這個世界不是只有油炸魚和削塊土豆，你說我怎能錯過舌尖上的美味？”

柯克曼先生曾在一本書上看過這樣的言論——吸毒者往往食慾不振，所以骨瘦如柴。對照強納生目前肥胖的身軀和胃口大開的樣子，似乎並不符合，這下子柯克曼先生迷糊了，莫非他的猜測是錯誤的？

"我能理解你為什麼放縱口慾，因為你有個好廚子。"柯克曼先生說。

"你說中一半，我的廚子雖然亞洲菜做得不錯，但西餐只能算一般，所以為了這次婚禮，我特地請來法國廚師，原來的廚子剛好可以見習一下，畢竟外聘的廚師要價太高且不願久留，婚禮過後就得離開。"

柯克曼先生猛然想起可汗先生的確提過此事，怎麼他忘得一乾二淨？看來自己的記憶力大不如前。

"明天就是你大喜的日子，"柯克曼先生另啟一個話題，"女方的親戚多嗎？"

"多，這裡的女人哪個不多產？親戚當然多，但對方的舅舅不答應這門親事，所以參加婚禮的人估計只有寥寥數個。這倒好，我也不想和那些人有過多的交集，反正結婚只是走個形式，最主要是告訴我的朋友和商業夥伴——我結婚了，要當爸爸了！"

"當爸爸"這個詞語像根魚刺卡在柯克曼先生的喉嚨裡，但他沒有拔出來，而是選擇隱忍（醫生不是聖人，也會診斷錯誤，何況這時候提出質疑只會讓即將結婚的兒子不開心，卻什麼也改變不了，那又何必提？）。

第三十三章/奇怪的賽加

下午，柯克曼先生坐在陽臺的藤椅上邊抽菸斗邊閱讀，屋外忽然傳來嘈雜聲。一開始，他不以為意，直到聲音蔓延到他的房門外，並且清晰到彷彿與自己對話，他才開門一探究竟。

"賽加，"柯克曼先生喊住落在人群後面的女孩，"那些都是什麼人？"

"他們是來參加婚禮的客人。"

柯克曼先生想起上山的火車不是天天有，極可能這些人都集中在同一天上車。

"房間夠住嗎？"他又問。

"夠，女人們全搬出來，住進庭院的帳篷內。"

這裡的庭院夠大，起碼有半英畝，即使搭上幾個帳篷也不會影響進出。

"普爾醫生回來了嗎？"柯克曼先生三問。

"為……為什麼您問我這個？"

"沒什麼，忽然想到。"

"我不清楚，別問我。"

由於賽加的眼神飄忽，柯克曼先生不免懷疑昨晚普爾醫生找的可是她？

"沒事了，妳忙妳的。"

柯克曼先生話一說完，賽加快步離開，一刻也沒停留。

第三十四章/送給庫拉的禮物

柯克曼先生著裝完畢，可汗先生剛好來敲門。

"先生，晚宴即將開始。"他說。

這大概就是結婚前的派對吧！想當年，柯克曼先生也曾在結婚前夕被幾名男性友人拉到酒吧喝得酩酊大醉，害他隔天差點兒起不來，這提醒他待會兒得留意兒子的酒量，別讓他重蹈覆轍......

"知道了，我馬上過去。"柯克曼先生答。

"您......"可汗先生又開口，"您......能不能......"

見可汗先生欲言又止，柯克曼先生要他別害怕，只管說。

“那我說了。”可汗先生深吸一口氣，“新娘子是錫金人，按照傳統，從訂婚到結婚長達三年。由於新娘已懷孕，加上新郎是外國人，不得不做出改變，將訂婚和結婚合併為同一天，但主人連婚禮當天該有的儀式都沒準備，我怕……怕……”

“都有哪些儀式？”柯克曼先生問。

“本來的儀式很繁瑣，現在女方只要求新娘來到男方家時，有人向她獻上一個盛滿白麵粉和奶酪的盤子以及一條絲圍巾，然後由喇嘛為她誦經驅邪，請求神靈保佑。”

這個要求不過份，柯克曼先生遂代兒子答應下來。

“那太好了！我會著手準備，這下子庫拉及其家人在族人面前也不致於太抬不起頭來。”可汗先生答。

柯克曼先生沒替兒媳婦準備禮物，心想就把這個當成禮物送給她吧！即使兒子不高興，看在父親的面子上，應該也不好發作才是。

第三十五章/徹夜難眠

當天的晚宴非常熱鬧，鼓樂齊鳴、座無虛席，客人當中有東印度公司的管理層、英國駐印官員和幾個包頭巾，看起來非富即貴的印度人。不過說到印象深刻，那非正在拍照的攝影師不可，柯克曼先生的兒子能在那麼短的時間內就找到取代羅賓遜先生的人，動作不可謂不快。

席間，有人問起婚禮將採用何種形式？有沒有什麼禁忌？

"我辦的婚禮，當然聽我的，沒什麼禁忌，只要別讓我不開心即可。"強納生答。

“新娘會穿白紗嗎？”有人又問。

“呵呵！我也很好奇丈母娘會給我的娃娃新娘穿上什麼衣服。”

既然開了頭，眾人接二連三地詢問有關新娘種種，包括血統和嫁妝問題等，似乎只有柯克曼先生留意到“娃娃新娘”這個詞語所帶來的不安。

“看來你們對我的新娘很好奇，好吧！我一次說清楚。我的新娘叫庫拉，姓什麼我忘了，是哪個民族我也沒搞明白，反正是土著、錫金人、孟加拉人、比哈爾人、菩提亞人、藏人之中的一个。至於嫁妝，我不在乎，隨意就好，倒是我曾依據要求，給了對方幾個盧比、一截竹筒酒和一條白絲巾當聘禮。”

“那你豈不是白得一位夫人？”一個眼大如牛的男人樂呵呵地說。

“此言差矣，應該是她白得了一個白人丈夫和優渥的生活，再幸運不過！”

接著，話題轉到各地的結婚風俗，其中一人提到某地的習俗是女方親屬拿荊棘抽打新郎，越狠越好，寓意是將來新人的子女會身強體健……

“誰敢打我試試，我絕對讓他慘死！”強
納生將酒杯裡的酒一飲而盡，“這就是
我堅持用自己的方式結婚的原因，那些
未開化的野蠻人，什麼稀奇古怪的事都
想得出來，我才不跟著起舞！”

第三十六章／基督教婚禮

柯克曼先生曾試圖讓兒子在晚宴上少喝點兒，但他完全聽不進去，一杯接著一杯喝，以致回房睡覺還得幾名壯漢攙扶著。

次日一早，諾大的餐廳裡只有柯克曼先生獨自一人，顯然，他兒子和其他客人都尚未酒醒。

吃完早餐，柯克曼先生回到一樓，從柱廊往外看去，遠處是被雲霧籠罩的山峰，近處則芳草青碧、翠林如海，好一幅美麗的山野風光！

"先生。"

聽到聲音，柯克曼先生轉過頭去，原來是希雅。

“有事嗎？”他問。

“主人交待11點鐘以前得佈置好婚禮現場，但他還在睡覺，其他客人也是，我不知道何時開始佈置。”

“婚禮在餐廳舉行嗎？”

“是的，本來在教堂，後來又改在家裡，我猜牧師正在趕來的路上。”

教堂和牧師？柯克曼先生心想莫非兒子要舉行基督教儀式的婚禮？如果真是那樣，新郎不得早早起床梳洗打扮？

“希雅，妳現在就著手佈置，如有客人想吃早餐，直接將食物送進他們的房內就是。”說完，柯克曼先生往兒子的房間走去。

第三十七章/新娘子到了

在父親的催促下，強納生終於起床梳洗。趁著這個當口，柯克曼先生步出房外，恰巧迎上一位"漂亮女孩"。

"先生，費金在找您。"她說。

費金正是可汗先生。

"他找我有什麼事？"柯克曼先生問，同時關上房門。

"我不清楚，但他看起來很著急的樣子。"

女孩子說話的同時，柯克曼先生注意到她的脖子上戴著紅寶石項鏈。

"很漂亮的項鏈。"柯克曼先生說。

“漂亮嗎？我不覺得，像安在牛脖子上的牛軛，奇醜無比。”

“如果不喜歡，大可摘了。”

“您看過牛摘下自己的牛軛嗎？”她嘆了一口氣，“這是命，一輩子也擺脫不了。”

柯克曼先生記得賽加也戴寶石項鏈（只是顏色是藍的），她倒沒像眼前的女孩一樣抱怨。

“先生，費金在找您。”女孩再次提醒。

“對，他在找我，我這就過去。”

柯克曼先生走了幾步，背後傳來開門的聲音。他一個轉身，恰好捕捉到女孩走進兒子房間的畫面，頓時讓人浮想聯翩。

只一會兒的工夫，柯克曼先生便選擇默默走開（今天是強納生大喜的日子，他不想節外生枝，何況那女孩有可能是房僕，也就是侍候主人更衣、洗漱的僕人）。

一下到底樓，柯克曼先生就看到可汗先生。

“感謝神！您總算來了。”可汗先生喊著
。

“什麼事這麼著急？”

“新娘子到了。”

“這麼快？”

“不快，時間上剛剛好。”

於是柯克曼先生跟隨可汗先生的腳步前
行。

第三十八章/鬧劇

柯克曼先生站在主屋門口，腳底下是一條長長的紅地毯，一直延伸到圍牆大門，隱約可見彼端站著十幾個人，皆做盛裝打扮。

可汗先生把一個盛滿白麵粉和奶酪的盤子以及一條絲質長圍巾交給他，說：“您走過去，把東西交給新娘子。”

“只要交給她，不用說話？”柯克曼先生問。

“不用。交給她之後，喇嘛會為她誦經驅邪，請求神靈保佑，您只需在旁聆聽。”

這聽起來很簡單，於是柯克曼先生踩著紅地毯走過去，可是越靠近，越心驚，那個站在正中央，身著紅袍，披著金色披肩，頭髮被編成一縷縷小辮子，脖子上還戴著五顏六色珠子的"小"女人，可是他的兒媳婦？

本來柯克曼先生還心存幻想（也許新娘子只是個頭矮小），但當距離近在咫尺時，他的幻想破滅了，這分明就是個孩子！

柯克曼先生望向可汗先生，希望他能給個解釋（好比這是新娘的妹妹），但他只是用肢體語言催促柯克曼先生把東西交出去。

事已至此，柯克曼先生只能把盤子呈上，當那個"孩子"收下時，他感到心碎。

"還有絲圍巾，您只需掛上。"可汗先生小聲提醒。

柯克曼先生不明白"掛上"是什麼意思，但又不好詢問（那顯得自己愚蠢）。關鍵時刻，新娘子低下頭來，柯克曼先生便順勢將絲圍巾"掛上"，就像掛一幅畫在牆上掛鉤一樣。

做完這個動作，身穿紅色袈裟，頭戴黃色僧帽的喇嘛開始唸經。唸的什麼？柯克曼先生自然不懂，但氛圍感人，像在進行一種莊嚴的儀式……

“滾！”

聽到吼叫聲，柯克曼先生轉過頭去，看見兒子怒氣沖沖地走來，他不寒而慄。

“這是做什麼？”穿著禮服的強納生質問父親。

柯克曼先生下意識尋找可汗先生，結果看到一個奔跑而去的背影。

少了“解說員”，柯克曼先生只能硬著頭皮解釋：“女方家有自己的結婚儀式，我配合一下。”

“你配合什麼？是你結婚還是我結婚？”

柯克曼先生被問得啞口無言。

強納生向自己的父親炮轟完畢，轉向親家，態度沒有變好，反而更差。柯克曼先生正想緩和一下場面，結果下一秒強納生像瘋了一樣，一把將新娘子脖子上的項鏈扯下，大大小小的珠子因此散落一地。

“強納生，有話好好說。”柯克曼先生手足無措地勸著。

“沒什麼好說的，這群人把我送的寶石項鏈換成一串破珠子，真是想錢想瘋了！”

"主人，"一旁的希雅開口了，"那些都是昂貴的好東西，不是破珠子。"

"好東西？"強納生隨即把怒氣灑向希雅，"妳倒是說說他們哪來的錢購買？如果我猜的沒錯，那條黃寶石項鏈的買主現在正在月亮之上。"

"在月亮之上"的寓意是快樂得不得了，但此時此刻無人想深究，因為強納生已經開始動手拉新娘。顯然，女方家人並不高興這種野蠻行為，一個穿著寬袍大袖的男人出面制止，結果反被強納生一拳打倒，場面一度混亂，最後以"強欺弱"（強納生的眾家僕聯合起來將女方家人趕出宅邸）結束。

在柯克曼先生看來，這場鬧劇原本可以避免，不明白兒子為何要把事情搞得一團糟？

"進去吧！這不是您的錯。"希雅說。

不論希雅是否出於安慰，柯克曼先生認為自己肯定是有錯的，如果家庭教育得當，又怎會養出一個脾氣暴躁的人？不過有件事希雅倒是說對了，他總不能一直杵在這裡，再說，總歸是兒子的婚禮，他這個唯一的男方家屬總得參與，於是他轉身進屋去。

第三十九章／可憐的庫拉

柯克曼先生沒見過這麼尷尬的婚禮——新郎穿著正式的黑色燕尾服，身材肥胖，年紀已有三十多；反觀新娘，她身著帶有異域風情的傳統服飾，體形偏瘦小，年紀看著頂多十一、二歲（若拿動物當比喻，一個是體型龐大的成年黑熊，另一個則是色彩斑斕的幼雛）。

牧師大概也被這極不對稱的組合給驚嚇到，唸起誓詞來結結巴巴的，尤其女孩還哭個不停，很難讓人不聯想到這是一樁有隱情的婚姻。

柯克曼先生心中默禱這場可笑的婚禮能快點兒"圓滿"結束，即使做做樣子也好，哪知到了交換戒指的環節還是出了差錯——新娘子不配合，導致強納生的忍耐達到極限，他自己戴上戒指不說，還強行將另一枚戒指戴進女方的無名指上，然後徑自宣佈婚禮結束，讓在場的牧師和觀禮者面面相覷。

當家僕開始上酒上菜時，消失了數十分鐘的強納生才出現，但新娘子依然不見蹤影（也許正躲在某個角落繼續哭泣）。柯克曼先生雖同情女方的遭遇，但也愛莫能助，自己的兒子一意孤行且性如烈火，這時候冷處理未必是件壞事。

"可憐的庫拉！"柯克曼先生心想。

第四十章/大事不妙

這場婚宴從中午吃到天黑，一共上了16道菜和8款酒（當然包括"印度歸來"），讓柯克曼先生見識到法國名廚的廚藝與美酒的魅力，尤其那道里昂血鴨，不僅香味濃郁且味道一絕，讓人嘖嘖稱奇。

"這是一道諾曼底名菜，"與柯克曼先生同桌的詹姆斯將軍說，"做法有些殘忍，是將未成年的鴨仔活活掐死，經烤製後把鴨血榨出，加入波爾多紅酒、波特酒、干邑、鴨肝、小牛肉高湯等一同熬煮，做成的醬汁最後再淋回到鴨肉上。"

柯克曼先生心想這麼大費周章，難怪能唇齒留香。

當眾人觥籌交錯、大快朵頤時，沒人留意到柯克曼先生從餐桌上拿走熱鵪鶉肉醬餡餅，並且悄悄地離席了。

"給庫拉吃，"柯克曼先生把藏著的食物交給工作中的希雅，"她懷著身孕，餓肚子不好。"

後來又上了一道烤蘆筍，看著新鮮，柯克曼先生再一次找到希雅。

"您這是白費力氣，庫拉連方才的餡餅都不吃，只是不停地哭。"希雅說。

柯克曼先生聽了難過，原本該是大喜的日子，新娘卻如此悲傷，這如何是好？

希雅要他不用過度操心，這裡的女人結婚都得哭，這是一種習俗，只不過庫拉是真的該哭，她自己還是個孩子，卻被迫當起媽媽。

"告訴我，庫拉幾歲？"柯克曼先生問。

"13。"

柯克曼先生忍不住嘆息，真是造孽！

"普爾醫生很喜歡庫拉，"希雅忽然說，"他是去年來的，用來接替'不喜歡漂亮女孩們'的布朗醫生。"

"不喜歡漂亮女孩們？為什麼？"

“不曉得。”

“妳為什麼要告訴我這個？”

“我以為您想知道。”

柯克曼先生根本不想聽這些閒言碎語，不過倘若有男人能離這些少女遠一點兒，倒不失為好事一件，強納生真不該讓布朗醫生走！

“既然庫拉不吃，”柯克曼先生看著手中用餐巾包裹的烤蘆筍，“妳吃嗎？”

“我看我還是不吃為妥，如果被主人知道了，我會受罰，像費金一樣。”

“像費金一樣？什麼意思？”

“今早他為庫拉所做的一切，主人已經知道，現在他被關在地牢裡。”

柯克曼先生大呼不妙，轉身回到餐廳。

第四十一章/劍走偏鋒

柯克曼先生回到婚宴上，可是怎麼也找不到與兒子單獨講話的機會。他想了想，還是等到明天再說吧！

當婚宴結束後，大部分人已醉得東倒西歪，甚至開始胡言亂語，柯克曼先生算是少數幾個可以自己走回房間的人。

夜裡，懷著心事入眠的柯克曼先生一個翻身，忽然感覺不對勁，一睜眼，朦朧的月光下有個模模糊糊的人影站在床尾。

“誰？”他猛然坐起問。

“是我，希雅。”

原來是希雅，柯克曼先生大鬆一口氣，接著問她有什麼事？

"庫拉一直哭。"

"已經哭了大半天了，她是不是身體有哪裡不舒服？"

"不知道。"

"普爾醫生呢？"

希雅還是答不知道，這讓他想起自己已有兩天未見到普爾醫生了。

"妳大半夜來找我，肯定是緊急的，但我很懷疑自己能做些什麼？"柯克曼先生說。

"庫拉想見您。"

這個答案讓柯克曼先生很是驚訝，雖然庫拉是他的兒媳婦，但今天才打過照面，彼此甚至未說過話。

"她找我做什麼？"

"不知道。"

柯克曼先生想了一下，兒媳婦這個時間點找他，事情肯定迫在眉睫，遂問人在哪裡？

“當然在主人房裡，不過您放心，主人已經睡死了，就算有人在他耳邊大聲歌唱，他也感覺不到。”

至此，柯克曼先生的擔憂解除了，他決定拿上煤油燈去看看庫拉，結果手一碰觸到門把，他忽然憶起自己向來有鎖門的習慣，既然門已鎖上，希雅又是如何進來的？

“希雅，”柯克曼先生一個轉身，“妳……”

結果一塊布快速摀住他的口鼻，柯克曼先生稍微掙扎一下便失去知覺，當他再度睜眼時，發現自己躺在一張簡易的床上，牆是泥巴糊的，屋外雞鳴鴨叫，眼前還蚊蠅亂飛。

柯克曼先生用力揮開那些惱人的飛蟲，同時坐起。有好幾秒鐘，他以為自己尚在睡夢中，直到周圍的影象和聲音真實得不能再真實，他才被迫接受這不是夢境。

“希雅！”柯克曼先生喊著。

無人回應，他又喊了一聲，結果依舊，於是他站起身去推那扇看起來很不牢固的木門，這次總算有了回應。

"別推了，這裡有人看守，再推，我只能把你綁起來。"

"希雅呢？"柯克曼先生隔著木門問，"我要跟她講話。"

"她正跟你兒子講話，如果順利的話，你很快就能離開這裡。"

"如果不順利呢？"

"你最好祈禱順利，因為我們還沒想到那一步，也不知道該拿你怎麼辦。"

柯克曼先生忽然靈光一閃，原來自己被綁架了，這是為什麼？

不過幾分鐘的時間，柯克曼先生便梳理了大概——希雅曾請求自己向兒子施壓，好達到改善目前處境的目的，但事與願違，於是劍走偏鋒，打算通過綁架讓強納生做出改變。

柯克曼先生心想果真如此，未免也太天真了！依據他的了解，強納生不可能那麼容易就屈服，何況現在宅子裡有眾多賓客，都是一些有頭有臉的人，希雅這麼做，無異與巨人決鬥！

"哎呀！我真傻，"柯克曼先生忽然心領神會，"希雅和她的同夥選擇這個時間點無非是向旁人揭發真相，同時讓他們做見證，否則事過境遷，強納生若反悔，又該如何？”

這個發現讓柯克曼先生很是焦慮，他既希望弱勢族群能擺脫困境，又期望自己的兒子能全身而退，至於他本人的安危，柯克曼先生反倒不擔心（通過這幾天的相處，他感覺希雅並不是壞人，而且看管他的人也說他們還沒想到最壞的情況下該怎麼處置他，可見並沒有殺人的預謀）。

柯克曼先生就在這狹小且悶熱的泥房子裡從白天等到日落，時間長得超出他的預期，他原以為頂多幾個小時就能重獲自由。當屋外男人第二次開門遞上食物時，柯克曼先生逮住機會詢問進展。

“別問我，我也不清楚。”他停頓了一下，“如果換成我是你兒子，什麼條件都會答應，哪怕失去所有。”

這個答案讓柯克曼先生心碎。是呀！如果強納生心中有他，又怎會遲遲不滿足“綁匪”的要求？換言之，他的兒子並不在乎他，這才是根本原因，也是最傷人之處。

柯克曼先生想起過去為了兒子操過多少心，即使處境艱難，也竭盡可能地幫助到他，結果倒頭來是這個結局，真是不勝唏噓！

當天色整個暗下來時，柯克曼先生對"今天被解救"已經不抱任何希望。他靜靜地躺在床上，期待自己能夠早點兒入睡，這樣時間會過得快一點兒，同時離他返回英國的日子也更近一些。

迷迷糊糊之中，柯克曼先生墜入夢鄉，可是很快被吵醒，他以為天亮了，但沒有，四周仍是漆黑一片。

"還不快開門？！"一個人粗魯地喊道。

然後柯克曼先生聽到金屬碰撞的聲音，接著門開了，就著月光，他認出此人是強納生的門衛。

"先生，您還好吧？！"對方問。

"我很好。"

"您安全了，讓我護送您回去。"

"好的，謝謝！"

回去的路上，柯克曼先生的內心無比欣喜，他的兒子並沒有放棄他，有什麼比這個更值得慶幸與感恩？

第四十二章/回老家的希雅和普爾醫生

想像中的感人一幕並沒有發生，強納生甚至沒問候歷劫歸來的父親一句，只是不停地抱怨他對待僕人有多好，結果卻被恩將仇報。

"希雅呢？"柯克曼先生問。

"回老家了。"

"回老家？為什麼？"

"拿到錢了，笨蛋才不回老家。"

柯克曼先生直覺不對，希雅想要的是替自己和其他員工改善居住環境和獲得醫療服務，同時提高過低的薪酬，如真只為自己著想，那麼他對她的觀感將有180度的轉變。

「你給了她多少錢？」柯克曼先生接著問。

強納生很不耐煩地答：「為了解救你，我已經忙了一整天，能不能讓我休息一下，睡個好覺？」

柯克曼先生只得同意，畢竟夜已深了。

次日吃過早餐，來參加婚禮的賓客陸續離開，庭院裡的帳篷也收起，僕人們又像往常一樣忙碌，貌似一切已回歸正軌，可是柯克曼先生還是察覺不對勁，一來賓客似乎沒有意識到他曾經被綁架，連問候一聲也無；二來宅邸裡出現了幾張生面孔，與此同時，另有幾張熟面孔卻消失了，而能見著的"老"員工們好似都變得冷漠，連眼神交會也沒有。

「賽加，」柯克曼先生喊住剛好從他房門前走過的女孩，「普爾醫生呢？」

「為……為什麼您問我這個？」

「沒什麼，忽然想到。」

「我不清楚，別問我。」

與前幾天的眼神飄忽不一樣，這次賽加的表情無比驚恐，柯克曼先生不免起疑，莫非……

“沒事了，妳忙妳的。”

賽加一走，柯克曼先生開始尋找兒子的蹤跡，最後在離主屋不遠的地方找到，他正居高臨下地看著底下的茶園。

“強納生，”柯克曼先生走了過去，“你在這兒做什麼？”

“我在俯看我的王國。瞧！那些都是我的子民，正為我辛苦地工作，好讓我的生活過得安逸。”

“那麼你是否該對他們好一些？”

“我對他們哪裡不好了？”強納生揚起聲，面容猙獰，“老傢伙，你別被希雅給帶偏了。”

柯克曼先生很不明白為什麼自己溫和有禮，生的兒子卻暴躁粗魯，而且似乎很享受虐人的快感。

“說到希雅，她真的回老家了嗎？”他問。

“當然，我總不致於殺了她吧？！”

柯克曼先生原本沒往那裡想，聽兒子這麼一答，他反倒擔心起來。

雖然心中忐忑，但柯克曼先生沒有糾著希雅的話題不放，而是改問兒媳婦，因為婚禮當天她曾哭個不停，他擔心她也許哪裡不舒服。

"庫拉身體不舒服又不是最近的事，等新醫生一到，應該會改善一些。"

"新醫生？原來的普爾醫生呢？"

"他也回老家了，所以我才又僱了迪克森醫生。"

柯克曼先生不相信會有這麼巧的事，即使真回老家，那也是被迫的。

"普爾醫生犯了什麼錯，以致丟了工作？"柯克曼先生挑明了問。

"他的確犯了錯誤，最大的錯誤便是患有色盲，這是一種家族遺傳性疾病，如果早知道，我絕對不會僱用他。"

柯克曼先生很不解，即使普爾醫生有色盲，那也是他個人的問題，應該不妨礙行醫才是。

強納生表示的確不妨礙，但他要的可不只是個私人醫生而已，如果此人達不到他的附加要求，那就沒必要繼續，畢竟錢不是長在樹上，尤其他給的薪水很豐厚，比別的地方高出許多……

話正說著，有個男僕走過來，告訴強納生轎子已備妥。

"你要外出？"柯克曼先生問兒子。

"是的，茶葉加工廠有些事情需要處理一下。"

柯克曼先生想起幾天前和希雅散步時經過的磚造建築物，於是問了句："為什麼茶葉加工廠要用鐵網包圍住？"

"你今天的問題可真他媽的多，"強納生皺了皺眉頭，"等我回來再說吧！"

兒子一走，柯克曼先生忽然聽見有人喚他，聲音很微弱。他尋聲過去，發現竟然是可汗先生，他處在一個約三米的深坑裡。

柯克曼先生蹲下身，隔著鐵絲網問："你怎麼在這裡？"

"主人生氣我替庫拉所做的一切，所以把我關在這裡。"

"我能為你做些什麼嗎？譬如水或食物。"

"不需要，我還行。"他停頓了一下，接著深吸一口氣，"先生，有人告訴我——您被綁架了。雖然我很理解和同情希雅，但我沒有參與綁架，如果主人懷疑到我身上，拜託請為我求情，您知道我還有一家老小需要照顧，不能死呀！”

“你的意思是……希雅死了？”

“我不知道，這裡有人一夜之間就不知去向，難免不讓人聯想到最壞的狀況。”

柯克曼先生想了想，問普爾醫生住哪個房間？

“您為什麼問這個？”

“我想搞清楚一件事。”

得到答案後，柯克曼先生返回屋內。

第四十三章/褐色本子

普爾醫生的房間裡有人，但不是他本人，而是一張生面孔。

"迪克森醫生？"那人問走進房間的柯克曼先生。

"不，我不是迪克森醫生，而是……這裡的客人。"

"我以為所有的客人都走光了。"

"晚幾天，我也會離開。"

"您有什麼事嗎？"

"我……我把書借給普爾醫生，他原來住這間。"

“主人要我打掃房間，因為迪克森醫生過幾天就會到。我不知道您的書是哪本，如果您能自己找最好。”

這正是柯克曼先生要的！他開始在房間裡翻找，發現衣櫃裡有好幾件衣服掛著，地上還有幾雙鞋，桌上則擺著書、冊子和文具用品（竟然包括一支德國牌子的鋼筆）。

柯克曼先生考慮了一會兒，最後伸手去拿褐色本子。

“您找到了嗎？”打掃房間的人問。

“找到了。”

“還好您早了一步，否則您的書就要化為灰燼，因為主人交待把這裡的私人物品全部銷燬。”

“銷燬？為什麼？”

“不知道，您得問主人。”

柯克曼先生離開時心事重重，原本想徑直回自己的房間，後來改主意，他已經三天沒見到懷著身孕的庫拉，總得問候一句，於是往強納生的房間走去。

第四十四章／真相

柯克曼先生敲了幾次門皆無人回應，正想離開時，一個路過的女孩問他找誰？

“我找庫拉。”他答。

“這是主人的房間，不是庫拉的，”她打量一下柯克曼先生，“您該不會是新來的醫生吧？！”

“不是，迪克森醫生過幾天才會到。”柯克曼先生停頓了一下，“妳能告訴我庫拉住哪個房間嗎？”

“她懷孕了，您別找她。”

“我知道她懷孕了，這也是我找她的原因。”

那女孩很是驚訝，眼睛睜得老大。

“妳怎麼了？”柯克曼先生問。

“沒什麼，跟我來吧！”

柯克曼先生以為她帶他去找庫拉，結果房間裡空無一人。

“這裡沒有庫拉。”他說。

“沒有庫拉，我也行。”說完，她鬆開長袍上的結鈕，露出裡面的寶石項鏈。

“不不不，妳誤會了，我只是單純找庫拉講話，她……她是我的兒媳婦，明白嗎？”

“您是主人的父親？”

“是的。”

眼前的女孩難為情極了，一邊扣衣服一邊不停地道歉。

柯克曼先生要她別放在心上，然後轉身離開，結果一個不留神，被掛在門框上的結飾給擊中額頭，這提醒他——她就是前幾天“生病”的女孩。

回到房間的柯克曼先生很是困惑，為什麼那個“已康復”的女孩會對他寬衣解帶？還有，普爾醫生明顯走得匆忙，很多東西都未帶走，包括一本日記。

柯克曼先生很快拿出那本"偷來"的褐色本子，翻開第一頁，上面的拉丁文寫得相當工整，日期標註為去年的6月17日，這符合希雅的說法——普爾醫生是去年來的，用來接替布朗醫生。

本來柯克曼先生還懷疑為什麼普爾醫生要使用拉丁文寫日記？結果才讀幾頁，他便有了答案——這是一本不宜公開的性愛日記，所以普爾醫生才會以少數人才看得懂的文字書寫。與此同時，柯克曼先生越讀越惱火，尤其當普爾醫生提到庫拉時，他的憤怒已達到極點。

"不行，我得說出真相，"他摜下本子，"強納生這個傻小子到現在還被矇在鼓裡呢！"

第四十五章/開誠佈公

強納生在辦公室接見自己的父親，因為聽說事情很緊急。

"庫拉……庫拉肚裡的孩子很可能不是你的。"

柯克曼先生以為兒子聽完會勃然大怒，但沒有，強納生很平靜地問他為什麼會這麼認為？

"普爾醫生在房間內留下一本日記，我看了。"

"這倒有趣，都寫了些什麼？"

那麼露骨的內容，柯克曼先生羞於啟齒，只簡短地透露普爾醫生與兒子的四個情人皆有染，尤其是庫拉。

"我知道他喜歡年幼的，所以才把庫拉圈養起來。"強納生說。

"什麼意思？"

"我無法生育，只能請人代勞，普爾醫生還以為我不知情，其實他不過是我的一枚棋子而已。"

柯克曼先生萬萬沒想到會是這個結果，既然如此，為何還要辭退普爾醫生？

強納生表示他原本想留著他，畢竟上一個醫生只對男人感興趣，白浪費他的時間和金錢，但普爾醫生不該對他撒謊，現在庫拉肚裡的孩子極有可能患上色盲，還是最嚴重的全色盲，真他媽的倒霉透了！

"所以你又僱了迪克森醫生？"柯克曼先生問。

"是的，孩子越多越好，這樣才能保證我打下的江山能歷久不衰。"

此時的柯克曼先生很想問普爾醫生是否真回老家了？但以他對兒子的了解，大概得不到真實的答案，所以轉問那些被他圈養起來的女孩們可是自願的？

"也許一開始不願意，但後來也接受了，她們甚至會主動獻身我的客人，好讓

我的工作能順利開展，當然，我也不會
虧待她們。”

“你指的是讓她們染上毒癮，再用藥丸
當誘餌？”

“這是你的猜測，我可沒這麼說。”

柯克曼先生很是痛苦，一時竟無言以對
，還是強納生打破沈默，但聽著像是控
訴。

“你是不是覺得有我這樣的兒子很晦氣
？如果能選擇，你寧願不要我，對吧
？！”他問。

“我沒這麼想。”

“看來你的記憶力不好，當年你和媽的
談話，我一字不落地全聽進去了。”

柯克曼先生承認或許在某個心情低落的
時候曾說過兒子不長進，如果前兩胎能
保住，任何一個都會比他有出息之類的
話，但也只是說說而已，沒想到會被兒
子聽到並且烙在腦海裡。

“強納生，這可是你越走越偏的原因？”
他問。

“呵呵！別把自己想得太重要。還有，
我不認為我越走越偏，如果按照你的要

求走，我頂多複製你的老路，看看我現在，有多少人羨慕著，證明你那套不管用，甚至說得上迂腐、落伍。」

柯克曼先生不苟同，但爭執也沒用，因為父子倆根本說不到一塊兒去（一個道德感極強，凡事循規蹈矩；另一個則金錢與權力至上，但求結果，不論手段）。

「強納生，你可真不像我。」柯克曼先生無比失望地說。

「還好不像你，否則我註定得窩囊一輩子。」他答。

柯克曼先生不認為自己窩囊，相反的，他很享受這種恬淡寡慾的生活（有談得來的朋友和足夠多的錢），但說這些又有何用？他唯一的兒子不認可他，這讓他覺得自己是失敗的。

談話過後，這對父子的關係無疑降到冰點。柯克曼先生不願臨別前是這副模樣，所以主動求和，為過去不謹慎的言行向兒子道歉。

「行，我原諒你，父子一場，沒必要把關係弄僵了。」強納生說。

柯克曼先生原本想趁機說教一番，後來還是放棄了，改問他何時回英國？

"沒這個打算，我受夠那裡的鬼天氣！"

"那……祝你好運。"

"你也是。"

他們擁抱了一下，各懷心事（柯克曼先生不知兒子的心裡是怎麼想的，他倒有"生離死別"的惆悵，也許這一別，此生都不會再相見）。

第四十六章/收驚

柯克曼先生離開大帝茶園時天朗氣清，坐上轎子後，他猛一回頭，發現兒子站在一樓的柱廊上目送他，這多少讓他覺得欣慰。

"再見，強納生。"他揮了揮手說。

強納生雖然也揮手告別，但顯然沒有自己的父親熱情。

直到再也看不到兒子的身影，柯克曼先生才將目光收回，並且留意到落在身後的兩位腳伕（其中之一是可汗先生，他顯得有些力不從心，大概剛獲得自由，身體尚未恢復的緣故）。

"伊姆蘭，把旅行箱給我。"柯克曼先生說。

“我可以的，沒關係。”

“不行，你這樣太累了。”

“先生，您行行好，我好不容易才被釋放，正是表現的時候。”

至此，柯克曼先生不再強求，而是叮囑轎伕走慢一點兒，好讓可汗先生能趕得上他們的步伐。

這一路的情景恍如昨日（與上山時基本一致），天邊的雪山依然莊嚴壯麗，一畦畦的茶田依舊井然有序，而背著茶筐的採茶工們也照樣忙活著，但柯克曼先生的心裡不若來時那般自在，甚至有些許的憂鬱。

“先生，”可汗先生氣喘吁吁，“我能不能小解一下？”

“當然可以。”

於是可汗先生放下行李，跑進附近的林子裡，不一會兒的工夫，他臉色慘白地跑回來，褲子明顯濕了一塊。

“怎麼了？”柯克曼先生問。

“沒什麼，我們快走吧！”

前進的腳步繼續著，但可汗先生的狀態明顯變差，好幾次差點兒跌跤，柯克曼

先生不得不讓轎子停下，同時支開兩位
轎伕和另一位腳伕。

“告訴我，你在林子裡看到什麼了？”柯
克曼先生問。

“沒看到什麼。”

“我不會告訴任何人，包括我兒子。”

可汗先生幾度欲言又止，後來在柯克曼
先生的再三保證下，他才坦言自己看到
了屍體，有男有女，身體已經開始腐爛
。

“當中可有你認識的人？”柯克曼先生又
問。

可汗先生起先搖頭，後來又點頭，柯克
曼先生頓時感覺手腳冰冷，呼吸困難。

“先生，您還好嗎？”可汗先生問。

“不好，你呢？”

“我也感覺不好，回去後得收驚。”

“收驚？”

“受到驚嚇的人需要把飛散的魂魄喚回
來，否則會生病。”

柯克曼先生心想自己也需要收驚，而且
馬上，因為他已經生病了。

第四十七
章/鴻溝（完結篇）

柯克曼先生的病是心病，明知兒子幹著壞事，卻選擇視而不見，甚至放棄原則求和，只為了表面的風平浪靜……

到了古姆，兩位轎伕和另一位腳伕先行離去，只留下可汗先生陪同柯克曼先生一起到加爾各答港口。

從古姆到西里古里，再從西里古里到加爾各答大概需要一整天，但柯克曼先生感覺時間沒有來時長，他問可汗先生可有同感？

"我覺得相反，每當去接客人，時間總會走得慢一些，回大帝茶園倒挺快的。"他答。

這個答案貌似不同，其實毫無二致，大帝茶園是可汗先生的家，他覺得回程快，和柯克曼先生的感覺不謀而合。

"依姆蘭，你有沒有想過離開大帝茶園？"柯克曼先生問。

"離開大帝茶園，還會有另一個大帝茶園，除非改變膚色或社會等級，否則到哪裡都一樣。"

"真辛苦！"

"怨不得人，這都是我上輩子造的業，所以這輩子品嚐苦果。"

柯克曼先生篤信基督教，教義是信主耶穌得永生，反之則下地獄，他沒想過還會有來世，可汗先生的說法讓他感覺新奇。

"你的意思是如果一個人作惡，下輩子就會受苦？"柯克曼先生又問。

"是的，甚至連人都當不了，成了動物或昆蟲。"

想到強納生下輩子也許會成為雞鴨牛羊或蚊蠅，柯克曼先生有些難過，但同時也承認這是對那些亡魂的最大慰藉（雖然柯克曼先生選擇護犢，卻不表示他認同兒子的惡行）。

當馬車來到加爾各答港口，可汗先生幫著提行李至步橋，那裡有人在檢票。

"先生，這是頭等艙的隊伍，"穿著筆挺白制服，頭戴水手帽的乘務員指向另一邊，"二等艙在那裡登船。"

為了登上返程的郵輪，柯克曼先生特地把八字鬍修剪得整整齊齊，同時穿上考究的衣服且有人幫提行李，之所以還有誤會產生，他把原因歸結為身上的中產階級氣息太過濃烈，不是一張船票能掩蓋得住。

果然鴻溝大到無法逾越！

柯克曼先生無奈地嘆了口氣，叫上可汗先生，兩人默默往二等艙的隊伍走去……

《完結》

作者介紹

在異國的背景下加入纏綿悱惻的愛情故事是B杜小說的一大特點，她的文筆清新、筆觸詼諧、畫面感很強，讀完小說有種看完一部愛情偶像劇的感覺，特別適合懷春少女及對愛情有憧憬的女性閱讀。

另外，B杜還創作了系列小說（馬力歷險記、極短篇故事集、巫覡店等）以及嚴肅小說《鴻溝》，歡迎關注。

Also by B杜

《鸿沟》（简体字版）A World Apart
(simplified character version)

* * *

《法蘭西情人》 Love in France

《東瀛之愛》 Love in Japan

《新西蘭之戀》 Love in New Zealand

《英倫玫瑰》 Love in England

《愛在暹羅》 Love in Thailand

《情定布拉格》 Love in Prague

《獅城情緣》Love in Singapore

《愛上比佛利》Love in Beverly Hills

《夢回楓葉國》Love in Canada

《早安，歐巴》Love in Korea

《我在蘇黎世等風也等你》Love in Switzerland

《迪拜公主的秘密情人》Love in Dubai

《馬力歷險記 1 之地球軸心》The Adventures of Ma Li (1) : The Time Axis

《馬力歷險記 2 之黃金國》The Adventures of Ma Li (2) : Eldorado

《馬力歷險記 3 之可可島寶藏》The Adventures of Ma Li (3) : The Treasure of Cocos Island

《B杜極短篇故事集 (1 ~ 100)》A Word to the Wise (Tales 1~100)

《B杜極短篇故事集 (101 ~ 200)》A Word to the Wise (Tales 101~200)

《B杜極短篇故事集 (201～300)》 A Word
to the Wise (Tales 201～300)

《B杜極短篇故事集 (301～400)》 A Word
to the Wise (Tales 301～400)

《B杜極短篇故事集 (401～500)》 A Word
to the Wise (Tales 401～500)

《B杜極短篇故事集 (501～600)》 A Word
to the Wise (Tales 501～600)

《巫覡咖啡館之梧桐路篇》 The Witch &
Warlock Café on Wutong Road